文学常识丛书

诗中水

翟民　主编

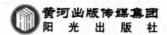
黄河出版传媒集团
阳 光 出 版 社

图书在版编目（CIP）数据

诗中水 / 翟民主编. -- 银川：阳光出版社，
2016.6（2020.12重印）
（文学常识丛书）
ISBN 978-7-5525-2722-3

Ⅰ.①诗… Ⅱ.①翟… Ⅲ.①①古典散文 – 文学欣赏 –
中国 – 青少年读物 Ⅳ.①I206.2–49

中国版本图书馆CIP数据核字(2016)第158194号

文学常识丛书　诗中水　　　　　　　　　　　翟民　主编

责任编辑　金小燕
封面设计　民谐文化
责任印制　岳建宁

黄河出版传媒集团
阳　光　出　版　社　出版发行

出 版 人　薛文斌
地　　址　宁夏银川市北京东路139号出版大厦（750001）
网　　址　http://www.ygchbs.com
网上书店　http://www.shop129132959.taobao.com
电子信箱　yangguangchubanshe@163.com
邮购电话　0951-5047283
经　　销　全国新华书店
印刷装订　河北燕龙印刷有限公司
印刷委托书号　（宁）0019168

开　　本　710 mm×1000 mm　1/16
印　　张　11.5
字　　数　120千字
版　　次　2016年11月第1版
印　　次　2021年1月第2次印刷
书　　号　ISBN 978-7-5525-2722-3
定　　价　34.50元

前　言

　　源远流长的中华五千年文化,滋养着生生不息的中华民族。那些饱含圣贤宗师心血的诗歌、散文 ,历经了发展和不断地丰富,融入了中华民族的血脉,铸就了中华民族的脊梁,毋庸置疑地成为宝贵的文化遗产、永恒的精神食粮、灿烂的智慧结晶。然而受课时篇幅所限,能够收入到中小学教科书的经典作品必定是极少数。为此,我们精心编辑了这一套集古代经典诗歌分类赏析、古代经典散文分类赏析为一体的《文学常识丛书》。

　　本套丛书包括:古代经典诗歌分类赏析共十册——《诗中水》《诗中情》《诗中花》《诗中鸟》《诗中雨》《诗中雪》《诗中山》《诗中日》《诗中月》《诗中酒》;古代经典散文分类赏析共十册——《物华风清》《人和政通》《诙谐闲趣》《情规义劝》《谈古喻今》《修身养性》《奇谋韬略》《群雄争锋》《逝者如斯》《天下为公》。

　　读古诗,我们会发现诗人都有这样一个特征——托物言志。如用"大鹏展翅""泰山绝顶"来抒发自己对远大抱负的追求,用"梅兰竹菊""苍松劲柏"来表达自己对崇高品格的追慕;用"青鸟红豆""鸿雁传书"寄托相思,用"阳关柳色""长亭古道"排解离愁,用"浮云"来感慨人生无常、天涯漂泊,用"流水"来喟叹时光易逝、岁月更替,用"子规"反映哀怨,用"明月"象征思念……总之,对这些本没有思想感情的自然物,古代诗人赋予它们以独特的寓意,使之成为古诗中绚丽多彩的意象。正是这些意象为古诗增添了无穷的魅力。

　　古典散文同样也散发着艺术的光辉,但更引人瞩目的是它所蕴含的思想精华,或纵论古今,或志异传奇,或微言大义,或以小见大,读后不禁让我们对古人睿智的思想和优美的文笔赞叹不已。

希望能通过这套丛书,使广大中学生对祖国光辉灿烂的文化遗产有一个更深刻的认识。

编者

目　录

作者简介

　　曹操(公元 155—220 年)，字孟德，杰出的政治家、军事家和文学家。沛国谯郡(今安徽亳县)人。少机警，有权术，任侠放荡，不治行业。20 岁举孝廉。在镇压黄巾起义的过程中，发展了自己的势力，最后统一北方。建安二十一年(公元 216 年)封魏王，4 年后病死洛阳。其诗均古题乐府，气韵沉雄，古直悲凉。其文清峻通脱。今有《曹操集》传世。

观　沧　海

东临碣石①，以观沧海。

水何澹澹②，山岛竦峙③。

树木丛生，百草丰茂。

秋风萧瑟，洪波涌起。

日月之行④，若出其⑤中；

星汉⑥灿烂，若出其里。

幸甚至哉，歌以咏志⑦。

注　释

①碣石：山名。碣石山有二，此时指《汉书·地理志》所载骊成（今河北省乐亭县西南）的大碣石山。一说即指今河北省昌黎县的碣石山。

②澹澹：水波动荡貌。

③竦峙：耸立。

④行：运行。

⑤其：代指大海。

⑥星汉：银河。

⑦"幸甚"二句：乐府本是用来配乐歌唱的，这两句是配乐时附加的，不属正文。意思是：好极了，让我用诗歌来咏唱自己的志向吧。

文学常识丛书

赏　析

　　《观沧海》是曹操《步出夏门行》的第一章。公元 207 年,曹操领兵大败乌桓。归途中,他登上碣石山,看到沧海壮丽景色,挥笔即书,便写了《观沧海》这首诗。

　　诗的前两句点明"观沧海"的位置:诗人登上碣石山顶,居高临海,视野寥廓,大海的壮阔景象尽收眼底。以下十句描写,概由此拓展而来。

　　"水何澹澹,山岛竦峙"是望海初得的大致印象。在这水波"澹澹"的海上,最先映入眼帘的是那突兀耸立的山岛,它们点缀在平阔的海面上,使大海显得神奇壮观。这两句写出了大海远景的一般轮廓,下面再层层深入描写。

　　"树木丛生,百草丰茂"写竦峙的山岛:虽然已到秋风萧瑟,草木摇落的季节,但岛上树木繁茂,百草丰美,给人生意盎然之感。"秋风萧瑟,洪波涌起"是诗人细看到的景象:在秋风萧瑟中的海面竟是洪波巨澜,汹涌起伏。这种新的境界,正反映了诗人"老骥伏枥,志在千里"的胸襟。

　　"日月之行,若出其中;星汉灿烂,若出其里"这四句则联系无边无际的宇宙,纵意宕开大笔,将大海的气势和威力呈现在读者面前:茫茫大海与天相接,空蒙浑融;在这雄奇壮丽的大海面前,日、月、星、汉(银河)都显得渺小了,它们的运行,似乎都由大海自由吐纳。诗人在这里描写的大海,既是眼前实景,又融进了自己的想象和夸张,展现出一派吞吐宇宙的宏伟气象。

　　"幸甚至哉,歌以咏志。"这是合乐时的套语,与诗的内容无关。

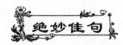

　　　　　　　　日月之行,若出其中;
　　　　　　　　星汉灿烂,若出其里。

3

作者简介

　　沈约(公元441—513年)，字休文，吴兴武康(今属浙江)人。历仕宋、齐、梁3代，是齐梁时期的文坛领袖。梁时，封建昌县侯，历任中书令、太子少傅等职。谥"隐"。著有《宋书》《四声谱》等。有《沈隐侯集》辑本2卷传世。

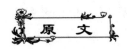

诗中水

新安江①至清浅深见底贻京邑同好

眷言②访舟客,兹川信可珍。

洞澈随清浅,皎镜无冬春③。

千仞写乔树,百丈见游鳞④。

沧浪⑤有时浊,清济⑥涸无津。

岂若乘斯去,俯映石磷磷。

纷吾隔嚣滓,宁假濯衣巾⑦?

愿以潺湲水,沾君缨上尘⑧。

①新安江:流经安徽、浙江两省,全长 373 公里。

②眷言:犹"睠然",怀顾貌。

③"洞澈"二句:是说无论深或浅处,冬季或春季都是透明的。

④"千仞"二句:是说能写千仞乔木的影子于水底,纵然深到百丈也能见到游鱼。

⑤沧浪:水名。《孟子·离娄》:"沧浪之水清兮,可以濯吾缨;沧浪之水浊兮,可以濯吾足。"

⑥济:济水,源出河南省王屋山,其故道过黄河而南,东流入山东省境,与黄河并行入海。《战国策·燕策》:"齐有清济浊河。"

⑦"纷吾"二句：是说自己既然离去京邑，和嚣尘相隔，不必借此水洗濯衣巾。嚣滓：犹"嚣尘"。

⑧"愿以"二句：是说诸故旧在京邑尘嚣之中，需要用此水濯缨。

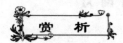

　　诗人通过赞美新安江的清澈可鉴，来展示自己洁身自好、不同俗流的襟怀，并劝故旧勿恋尘嚣。总的来看，这首诗层次分明，用语清美，念意蕴藉，值得品味。

　　一、二两句统领全篇。接下去六句集中描写新安江的"至清"。先说它"洞澈"见底，又把它比喻为春冬皆明的镜子；然后通过千仞高山上的乔木倒影清晰可见及百尺深水中的游鱼历历可数，来进一步强调新安江的清澄；再用沧浪之水和齐之清济作反衬，指出沧浪之水也有浊的时候，齐之清济已经枯涸，它们都比不上新安江一年四季清澈见底，一尘不染，源远流长。这里表面上是赞美新安江，实质上是以此寄寓诗人襟怀的高洁和志趣的纯正。

　　七、八两句以设问的口吻来写：新安江如此清澄美好，我岂不是要乘它离去，俯身去欣赏水中的磷磷白石吗？紧接着一个反问，回答了前面的设问：其实我离开京邑即已离开尘嚣了，难道还须借新安江的清水来洗濯衣巾吗？当然是不用了。

　　最后两句则提醒在京邑的故旧们，不要贪恋功名利禄，要保持高洁的品行。

　　　　愿以潺湲水，沾君缨上尘。

作者简介

　　杜审言(约公元 648—708 年),初唐的一位重要诗人,杜甫的祖父。他的诗以浑厚见长,精于律诗,尤工五律,与同时的沈佺期、宋之问齐名。他对律诗的定型作出了杰出的贡献,由此也奠定了他在诗歌发展史上的地位。

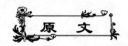

渡湘江^①

迟日^②园林悲昔游，今春花鸟作边愁。

独怜京国人南窜，不似湘江水北流。

①湘江：长江中游南岸重要支流。又称湘水。

②迟日：春日。

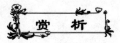

　　唐中宗在位时，诗人曾被贬到南方极为偏远的峰州。这首诗当是他在流放途中写的。他在渡湘江南下时，正值春临大地，花鸟迎人，看到江水滔滔，朝着与他行进相反的方向流去，不禁对照自己的遭遇，追思昔游，怀念京国，悲思愁绪，一触而发。

　　独怜京国人南窜，不似湘江水北流。

文学常识丛书

作者简介

王勃（约公元 650—676 年），字子安。绛州龙门（今山西河津）人，曾任虢州参军，诗文与杨炯、卢照邻、骆宾王齐名，并称"初唐四杰"。原有诗散佚，明人辑有《王子安集》。

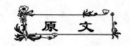

滕王阁诗①

滕王高阁临江渚②，佩玉鸣鸾③罢歌舞。

画栋朝飞南浦云，珠帘暮卷西山雨。

闲云潭影日悠悠，物换④星移几度秋。

阁中帝子⑤今何在？槛⑥外长江空自流。

①这首诗原附于《滕王阁序》后，序末"四韵俱成"一句中的"四韵"即指此诗。由于序文的影响太大，掩盖了这首诗的艺术价值，很多读者只知道王勃的《滕王阁序》，却不知道王勃的《滕王阁诗》。

②临：面对。渚：小洲。

③佩玉鸣鸾：此指滕王身系佩玉乘车鸣鸾而去。

④物换：指四季风物的变化。

⑤帝子：指滕王。

⑥槛：栏杆。

文学常识丛书

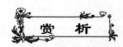

唐高宗上元三年（公元 676 年），王勃赴交趾看望他的父亲，路过洪州

（今江西南昌），应都督之请，写下了脍炙人口的《滕王阁序》，序末附这首《滕王阁诗》。

　　第一句开门见山，一个"临"字就写出了滕王阁的居高之势。第二句由今及古，遥想当年兴建此阁的滕王，坐着鸾铃马车，挂着琳琅玉佩，来到阁上，举行豪华繁盛的宴会的情景，诗人不禁产生了人生盛衰无常的怅惘。三、四两句写画栋飞上了南浦的云，珠帘卷入了西山的雨。这里诗人运用了夸张的手法既写出了滕王阁居高临远之势，又写出了滕王阁如今冷落寂寞的情形。融情于景，寄慨遥深。第五句则由空间转入时间，"悠悠"二字点出了时日的漫长。第六句则很自然地生发了事物变换、星座移动、年复一年的感慨。末尾两句，用对偶句法作结，很有特色。一般说来，对偶句多用来放在中段，起铺排的作用。这里用来作结束，而且不像两扇门一样地并列（术语称为扇对），而是一开一合，采取"侧势"，读者只觉其流动，而不觉其为对偶，显出了王勃过人的才力。

　　这首《滕王阁诗》以凝练、含蓄的文字概括了序的内容，气度高远，境界宏大，与《滕王阁序》真可谓双璧同辉，相得益彰，真可谓上乘之作。

　　　　　　　　闲云潭影日悠悠，物换星移几度秋。

作者简介

　　张旭（公元 658—742 年），字伯高，苏州人，唐代书法家。他不仅楷书精妙，草书尤为见长。其书奔放不羁，纵笔如兔起鹘落，气势如虹，有急雨旋风之势，被称为"狂草"。黄庭坚称其为"草书之冠冕"。张旭的传世书迹有草书《肚痛帖》《心经》《醉墨帖》《千字文》《自言帖》《古诗四帖》等。

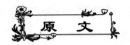

桃 花 溪^①

隐隐飞桥^②隔野烟，石矶^③西畔问渔船。

桃花尽日^④随流水，洞在清溪何处边。

①桃花溪：桃花溪位于湖南桃源县西南桃花洞的北面，溪水的两岸，满目桃林，暮春时节，那桃花的粉色如云似雾，就连清清的溪水也悠悠地飘动着片片的粉红。据说，陶渊明的《桃花源记》就是以此作为背景的。

②隐隐：模糊的样子。飞桥：形容桥高而且跨度长。

③石矶：水边突出的岩石或石滩。

④尽日：整天。

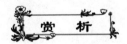

张旭以书法见长，而他的诗也是极耐人寻味的，其中《桃花溪》，可以称得上是唐诗中的上品了。

"隐隐飞桥隔野烟"，一座犹如彩虹般的桥隐藏在若有若无的云雾缭绕之中，将读者引入一个梦幻般空灵的境地。荒山野谷，动态的物与静态的景交织一体，相映成趣。而一个"隔"字，极为巧妙地点出人与物、景的距离。这种距离又给物、景蒙上了一层神秘的色彩,产生一种朦胧的美。真是令人神迷向往,遐思迩想,也给人有种飘飘欲仙的感觉。

"石矶西畔问渔船",远山的朦胧,近水的清澈,鸟语花香,这优美的景色,旖旎的风光一下子使诗人恍若走进一个虚幻的世界。于是,那"问"便由衷地脱口而出,这种情不自禁,最为逼真地折射出诗人心驰神往的情态。

"桃花尽日随流水",暮春时节,桃花飘落,纷纷扬扬,落到溪中随着溪水流走了。作者全诗大力突出桃花溪的景色;虽然只有短短四句,然而对风景的笔墨却很浓厚。两岸桃花飘零,云烟缭绕,溪水潺潺,渔船轻摇,真是好山好水好地方,是仙境啊!

"洞在清溪何处边"的意思是那桃花洞到底在桃花溪的哪边呢?渔人不可能知道,诗人也不会知道。然而,就是这一问,透露出的是诗人理想境界渺茫难求的怅惘,激起的是读者种种美妙的遐想。

这首诗真是一幅优美的山水田园画。作者用虚实的笔墨,把这首诗写的如此精妙、深刻,真是令人佩服,不愧是流传千古的好诗。

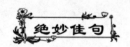

桃花尽日随流水,洞在清溪何处边。

作者简介

　　张九龄(公元 678—740 年),字子寿,一名博物。唐韶州曲江(今广东曲江)人。唐中宗景龙初年进士。玄宗时迁左拾遗内供奉。开元四年(公元 716 年),奉旨开梅岭新路。开元二十二年(公元 734 年)任中书令,遭李林甫排挤,开元二十五年(公元 737 年)罢相,贬为荆州大都督长吏。卒后赐谥文献。后人称曲江公。

湖口望庐山瀑布水

万丈红泉①落,迢迢半紫氛。

奔流下杂树,洒落出重云②。

日照虹霓似③,天清风雨闻。

灵山④多秀色,空水共氤氲⑤。

文学常识丛书

注　释

①红泉:指日光映照下色彩灿烂的瀑布。

②重云:层云。

③"日照"句:在日光照耀下,瀑布像雨后的彩虹。

④灵山:道家称蓬莱山的别名,这里借指庐山。

⑤氤氲:云气弥漫。

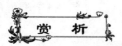
赏　析

这是一首描写瀑布的山水诗,写出了瀑布的气势、风姿、神采和境界。

一、二句写瀑布从高高的庐山落下,远望仿佛来自半天之上。"万丈"指山高。"迢迢"谓天远,从天而降,气势不凡。而"红泉""紫氛"相映,光彩夺目。

三、四句写瀑布的风姿:青翠高耸的庐山,杂树<u>丛</u>生,云气缭绕。远望瀑布,或为杂树遮断,或被云气掩住,不能看清全貌。但诗人以其神写其貌,形容瀑布是奔腾流过杂树,潇洒脱出云气,其风姿多么豪放有力,泰然自若。

　　五、六句写瀑布的神采声威。阳光照耀,远望瀑布,若彩虹当空,神采高瞻;天气晴朗,又似闻其响若风雨,声威远播。

　　七、八句赞叹瀑布的境界:庐山本属仙境,原多秀丽景色,而以瀑布最为突出。它与天空连成一气,境界何等恢弘阔大,同时,也寄托着诗人的理想境界和政治抱负。

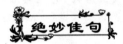

绝妙佳句

　　　　　灵山多秀色,空水共氤氲。

诗中水

作者简介

　　王之涣(公元 688—742 年),字季凌,排行第七,原籍晋阳(今山西太原)。曾任冀州衡水主簿,因谤辞官,家居 15 年。晚年出任文安县(今属河北)尉,卒于官舍。为人慷慨有大略,善作边塞诗,与高适、王昌龄、崔国辅等唱和,名动一时。《全唐诗》存绝句 6 首,皆历代传诵名篇。

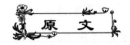原文

登鹳雀楼①

白日依②山尽,黄河入海流③。

欲穷千里目④,更上一层楼。

注释

①鹳雀楼:在今山西省蒲县西南,传说鹳雀经常栖息于此。

②白日:太阳。依:依傍。

③黄河入海流:黄河流入大海。

④欲穷:想要用尽,含有假设的意思。千里目:能看到很远很远地方的视力。

赏析

"白日依山尽,黄河入海流"写的是登楼望见的景色,写得景象壮阔,气势雄浑。这里,诗人运用极其朴素、极其浅显的语言,既高度形象又高度概括地把进入广大视野的万里河山,收入短短 10 个字中。这两句诗合起来,就把上下、远近、东西的景物,全都容纳进诗笔之下,使画面显得特别宽广,特别辽远。做到了缩万里于咫尺,使咫尺有万里之势。

"欲穷千里目,更上一层楼"这样两句即景生意的诗,把诗篇引入更高

的境界,展示了更大的视野。这两句诗,既别出新意,又与前两句诗承接得十分自然、十分紧密;同时,在收尾处用一"楼"字,也起了点题作用,说明这是一首登楼诗。从这后半首诗,可推知前半首写的可能是在第二层楼所见,而诗人还想进一步穷目力所及看尽远方景物,更登上了楼的顶层。这里有诗人向上进取的精神、高瞻远瞩的胸襟,也道出了要站得高才看得远的哲理。

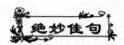

绝妙佳句

欲穷千里目,更上一层楼。

文学常识丛书

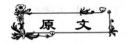

宴 词

长堤春水绿悠悠,畎①入漳河一道流。

莫听声声催去棹②,桃溪浅处不胜舟。

诗中水

①畎:田间小沟。

②棹:船桨。

21

这是一首写于宴席上的诗,主题是"离愁"。读后自然知其言愁,意境深邃,启迪人思,耐人玩味。

"长堤春水绿悠悠",春天万物复苏,生机盎然,可是诗人看到的却是澄清的河水"悠悠"地流去了。诗人从首句起就试着撩拨读者联想的心弦,一个"绿"字点明"春水"特色,也暗示了诗人一片惜别深情。

接着,诗人扩大视野,寓情于景,仍以春景唤起人们联想——"畎入漳河一道流"。你看,那夹着田亩的涓涓渠水宛如一条细长的飘带,缓缓汇入漳河,一起向远方流去,一望无际的碧野显得多么柔和协调。然而眼前美景却激起诗人的无限忧思,春水犹能与漳河"一道流",而诗人却不能与友人同往,该是何等遗憾! 想到好景不长,盛筵难再,一缕缕愁思油然而升。由于移情的作用,读者不由自主地和诗人的心绪贴近了。

"莫听声声催去棹,桃溪浅处不胜舟"句,诗人一下子从视觉转到听觉和想象上。尽管添愁助恨的棹声紧紧催促,还是不要去理睬它吧! 要不然越来越多的离愁别恨一齐载到船上,船儿就会渐渐过重,就怕这桃花溪太浅,载不动这满船的离愁啊! 诗人以"莫听"这样劝慰的口吻,将许多难以言传的情感蕴含于内,情致委婉动人。诗中以"溪浅"反衬离愁之深,以桃花随溪水漂流的景色寄寓诗人的伤感。至此,通篇没有出现一个"愁"字,读者却可充分领略诗人的离愁别绪了。

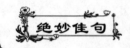

长堤春水绿悠悠,畎入漳河一道流。

文学常识丛书

作者简介

  孟浩然(公元 689—740 年),唐代诗人。襄州襄阳(今湖北襄樊)人,世称孟襄阳。因他未曾入仕,又称之为孟山人。早年隐居鹿门山。40 岁游长安,应进士不第。后为荆州从事,开元末,疽发背卒。

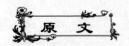
望洞庭湖赠张丞相①

八月湖水平,涵虚混太清②。

气蒸云梦泽③,波撼岳阳城。

欲济无舟楫,端居④耻圣明。

坐观垂钓者,徒有羡鱼情⑤。

注 释

①张丞相:是指张九龄。

②涵虚:指水映天空。混太清:与天空混为一体。此指水天一色。

③云梦泽:古泽名,故址在今湖北安陆一带。

④端居:指闲居无事。

⑤羡鱼情:这里诗人借以表达自己出仕的愿望。典出《淮南子·说林训》:"临河而羡鱼,不如退而结网。"

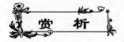赏 析

这是一首干谒诗。干谒诗是古代文人为推销自己而写的一种诗歌,类似于现代的自荐信。一些文人为了求得进身的机会,往往十分含蓄地写一些干谒诗,曲折地表露自己的心迹。作为干谒诗,最重要的是要写得得体,

称颂对方要有分寸,不失身份。措辞要不卑不亢,不露寒乞相,才是第一等文字。这首诗是诗人赠当时在相位的张九龄,目的是想得到他的赏识和录用,只是为了保持一点身份,才写得那样委婉,极力泯灭那干谒的痕迹。它委婉含蓄,又不落俗套,艺术上自有特色。

"八月湖水平,涵虚混太清"句,写得洞庭湖极开朗,汪洋浩阔,与天相接,润泽了千花万树,容纳了大大小小的河流。"气蒸云梦泽,波撼岳阳城"句实写湖。"气蒸"句写出湖的丰厚的蓄积,仿佛广大的沼泽地带,都受到湖的滋养哺育,才显得那样草木繁茂,郁郁苍苍。而"波撼"两字放在"岳阳城"上,衬托湖的澎湃动荡,也极为有力。

"欲济无舟楫",是从眼前景物触发出来的,诗人面对浩浩的湖水,想到自己还是在野之身,要找出路却没有人接引,正如想渡过湖去却没有船只一样。"端居耻圣明",是说在这个"圣明"的太平盛世,自己不甘心闲居无事,要出来做一番事业。这两句是正式向张丞相表白心事。"垂钓者"暗指当朝执政的人物,实指张丞相。最后两句是说:执政的张大人啊,您能出来主持国政,我是十分钦佩的,不过我是在野之身,不能追随左右,替你效力,只有徒然表示钦羡之情罢了。在这里,诗人巧用了"临渊羡鱼,不如退而结网"的古语,另翻新意;而且"垂钓"也正好同"湖水"照应,因此不大露出痕迹。

25

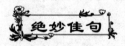

坐观垂钓者,徒有羡鱼情。

渡浙江①问舟中人

潮落江平未有风,扁舟共济与君②同。

时时引领望天末③,何处青山是越中④?

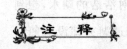

①浙江:这里指钱塘江。

②扁舟:小船。君:指同行的舟中人。

③引领:伸长脖子。天末:天边。

④越中:指浙江东南部一带。

孟浩然于开元十七年(公元729年)在长安应举不第,次年夏秋之交,曾有吴越之游。此诗大约是他航至钱塘时所作。

"潮落江平未有风"以景入题,一句三景,描绘了他登舟渡江时的自然环境。潮退风息之后,江边渡口便呈现出:风平浪静,天气清和,一派悠闲的景象。而这正是乘船旅游者最希望,最感惬意的时刻。这里一笔勾画出了这种平静恬淡的江面风光,隐隐透露出了诗人重登旅途时的欣慰心情。

"扁舟共济与君同"顺承首句,叙写诗人同舟中旅伴的相遇,反映登舟后的情景。并借以正面点题。在一叶扁舟中还有同行的旅客,虽然萍水相逢,素昧平生,但作为在茫茫江流中孤舟漂泊的异乡之客,遇上"扁舟共济"的同路人,必然感到格外亲切。从"与君同"的霭然可亲的话语中,不难想象,诗人当会与"舟中人"相互问讯,有一番浑厚热情的交谈吧!

"时时引领望天末"描写人物情态,惟妙惟肖。陆机《拟兰若生春阳》诗有句云:"引领望天末,譬彼向阳翘。"作者借用陆诗成句,冠以"时时"二字,顿成妙语。这即使"引领"的静态神情化为动态神情,而且还使跷望的动作具有了连续性,从而十分逼真地显示了一位远游者对越中山水的无限倾慕和急于前往游览的心情。

为了能尽快见到越中的美景,诗人急切地对舟中人发出了询问:"何处青山是越中?"一问便结,个中余韵留待读者去想象、体味。杭州距越中并不算远,但诗人又望又问,且以"时时"与"何处"紧密呼应,仿佛航程甚长,越中甚远,其实这都反映了作者急于要到达越中探奇访胜的迫切心情和浓厚兴致。

27

时时引领望天末,何处青山是越中?

作者简介

　　李白(公元 701—762 年),字太白,号青莲居士。祖籍陇西成纪(今甘肃秦安县),隋朝末年其先祖因罪住在中亚细亚。李白的家世和出生地至今还是个谜,学术界说法不一。

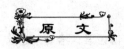

江①上吟

木兰之枻沙棠②舟，玉箫金管坐两头③。

美酒樽中置千斛④，载妓⑤随波任去留。

仙人有待乘黄鹤，海客无心随白鸥⑥。

屈平⑦词赋悬日月，楚王台榭空山丘⑧。

兴酣落笔摇五岳⑨，诗成笑傲凌沧洲⑩。

功名富贵若长在，汉水亦应西北流。

29

①江：汉江。

②木兰：香木名，又名紫玉兰。枻(yì)：船桨。沙棠：传说汉成帝曾以沙棠木为舟，这种树产于昆仑山，人吃了它的果实，入水就可以不沉。见《述异记》。

③"玉箫"句：意思是船两头坐着吹箫奏笛的人。玉箫金管：用金玉装饰的箫笛。

④樽：酒器。置：盛放。斛：量器名，古时十斗为一斛。

⑤妓：歌女。

⑥"仙人"二句：意思是高飞成仙须待黄鹤再来，这实在渺茫无期；还是像海客那样不存私欲，时时与白鸥为伍吧！

⑦屈平：即屈原，我国最早的大诗人，战国楚人。

⑧楚王：指楚怀王和楚顷襄王，屈原生活时代的楚国国君。台榭：泛指亭台楼阁。空山丘：只剩下土丘了。

⑨酣：浓。落笔：挥笔。摇：震撼。五岳：指东岳泰山、西岳华山、南岳衡山、北岳恒山、中岳嵩山。

⑩笑傲：嘲笑和轻视。沧洲：水边古时常用以指隐士或神仙居住的地方。

赏析

这是一首即景抒怀之作。诗以江上的遨游起兴，表现了诗人对庸俗、局促的现实的蔑弃，和对自由、美好的生活理想的追求，显露出傲岸放达的胸襟和超凡脱俗的志趣。全诗形象鲜明，感情激扬，气势豪放，音调嘹亮。读起来只觉得它是一片神行，一气呵成。而从全诗的结构组织来看，它绵密工巧，独具匠心。开头是色彩绚丽的形象描写，把读者立即引入一个不寻常的境界。中间两联，属对精整，而诗意则正反相生，扩大了诗的容量，诗笔跌宕多姿。结尾四句，极意强调夸张，感情更加激昂，酣畅恣肆，显出不尽的力量。

兴酣落笔摇五岳，诗成笑傲凌沧洲。

作者简介

储光羲(约公元 706—约 763 年),唐代诗人。润州延陵(今江苏丹阳)人。祖籍兖州(今属山东)。开元十四年(公元 726 年)进士,与崔国辅、綦毋潜同榜。仕宦不得意,隐居终南山的别业。后出山任太祝,世称储太祝。迁监察御史。天宝末,奉使至范阳。安史乱起,叛军攻陷长安,他被俘,迫受伪职,后脱身归朝,贬死岭南。著有《正论》15 卷、《九经外义疏》20 卷,并佚。有《储光羲集》5 卷,《全唐诗》编为 4 卷。

江 南 曲

日暮^①长江里,相邀归渡头。

落花如有意^②,来去逐船流。

①日暮:太阳落山。

②如有意:好似有意又好似无意。

储光羲描绘江南水乡民情风俗的五言绝句共 4 首《江南曲》,本篇是第三首。

首句"日暮长江里"为以下诗句所写情事布置了一个特定的环境。"日暮"与"长江里"这两个分别表示时间与地点的片语一经组合,就会在读者的联想中构成一幅优美的画面:残阳斜照,深碧的江面上,闪动着橘红色的光点。景色迷人。

次句"相邀归渡头"紧承首句。天色已晚,采莲的、打鱼的人都该回家了,一只只的帆船,满载着劳动的果实,竞相驶往渡口。此刻,人们的心情是愉悦的,歌声、嘻笑声、此起彼伏的打招呼的声音回荡在江面上,呈现出一派欢乐的气氛。"相邀"就渲染了归渡头时人们这种快乐的情绪。

三、四两句描绘了一个饶有意趣的场景。"如有意"赋予"落花"以生命,将其人格化,这样就使落花逐船流的自然现象具有了象征的意义,"落花如有意,来去逐船流",实际上是写出了回归渡口途中,青年男女们驾着小船,相互追逐嬉戏的情景。"来去逐船流"一句并不在于描写落花逐船的自然景象,而是借以映现此时此地青年男女们幽隐的情思。透过这两句诗所展示的生活画面,我们可以窥见青年们那复杂而又微妙的内心世界。

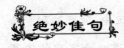

绝妙佳句

落花如有意,来去逐船流。

作者简介

常建,唐代诗人。生卒年、字号均不详。或说长安(今陕西西安)人。开元十五年(公元727年)进士。天宝中,官盱眙尉。后隐居鄂渚的西山。诗的题材比较狭隘,虽也有一些优秀的边塞诗,但绝大部分是描写田园风光,山林逸趣的。在盛唐诗派中曾有王、孟、储、常之称。今存《常建诗集》3卷,辑入《唐六名家集》。《常建集》2卷,辑入《唐百家诗》;《常建诗集》2卷,辑入《唐诗二十六家》。

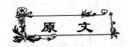

三日^①寻李九庄

雨歇杨林东渡头，永和^②三日荡轻舟。

故人家在桃花岸，直到门前溪水流^③。

①三日：指农历三月初三，古代为上巳节，人们在这一天到水边举行祭礼，并饮酒游赏。

②永和：东晋穆帝年号。永和九年（公元 353 年）三月三日，王羲之与谢安等 41 人在会稽山阴的兰亭行修禊事，饮酒赋诗，传为佳话。此处借用此典故。

③"故人"二句：用陶渊明《桃花源记》故事，喻指李九庄为桃花源，并透出李九的隐逸身份。

这首诗主要写了三月三日这一天，乘船去寻访一位家住溪边的朋友李某（"九"是友人的排行）这样一件事情，内容很单纯。

第一句写杨林东渡头的景物。顾名思义，可以想见这个小小的渡口生长着一片绿柳。出发时潇潇春雨已经停歇，柳林经过春雨的洗涤，益发显得青翠满眼,生意盎然。

第二句写舟行溪中的愉快感受。因为是三月三日乘舟寻访友人,这个日子本身,以及美好的节令、美丽的景色都很容易使诗人联想起历史上著名的山阴兰亭之会。诗人特意标举"永和三日",读者可以从这里引发出丰富的联想,在脑海中描绘出欢乐场面。

三、四两句写李九庄的景色。故人的家就住在这条溪流岸边,庄旁河岸,有一片桃林。三月初头,正是桃花盛开的季节,让人自然联想起夹岸桃花的武陵源。实际上,作者在这里正是暗用桃花源的典故,把李九庄比作现实的桃源仙境,不过用得非常自然巧妙,令人浑然不觉罢了。

这首诗主要表现诗人寻访友人时所产生的美丽遐想上。这种遐想,使得这首诗增添了曲折的情致和隽永的情味,变得耐人咀嚼了。

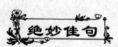

雨歇杨林东渡头,永和三日荡轻舟。

作者简介

　　钱起(约公元 710—约 780 年),字仲文,吴兴(今属浙江)人。天宝进士,官终考功郎中。工诗,与郎士元齐名,为"大历十才子"之一。诗以五言为主,《中兴间气集》说:"右丞(王维)没后,员外(钱起)为雄。"

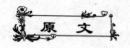

送僧归日本

上国随缘^①住，来途若梦行^②。

浮天^③沧海远，去世法舟^④轻。

水月通禅寂^⑤，鱼龙听梵声^⑥。

惟怜一灯^⑦影，万里眼中明^⑧。

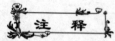

①上国：指中国。随缘：佛家语，即个人出处随外界机缘而适，不加勉强的意思。

②来途：指从日本来中国的道路。若梦行：像是在梦中行走。这里是指海上远航，犹如梦中行走一般。

③浮天：形容大海的辽阔，天都浮动在里面了。

④去世：是说人在法舟中，如离开尘世一样轻快。法舟：即为佛法庇护之舟。这里语义双关，既指日本僧人飞舟渡海的轻快，也寓有对其佛法精深的赞美。

⑤水月：指海上明月，缥缈澄空。禅寂：意即禅定，佛教所指的一种清寂凝定的心境。

⑥梵声：指念佛的声音。中国佛教自印度传入，其佛法经卷皆译自印度梵文，故称"梵声"。

⑦怜：爱。一灯：指禅灯。

文学常识丛书

38

⑧眼中明：这是指日本僧人的无量佛法。这既指他凭着佛法渡海回国，也指他回国后以佛法普渡众生。

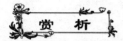

此为诗人在长安送别日本僧人之作，想象丰富，笔底含情。前四句写僧人西渡来华情景，已暗寓惜别之意；后四句写海上风物，处处切合僧人身份，送别之意不言自明。用语为切合送别对象，诗中用了好些佛学名词，从而使得海趣禅机，深情厚谊汇为一体。

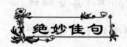

水月通禅寂，鱼龙听梵声。

作者简介

　　杜甫(公元712—770年),字子美,尝自称少陵野老,祖籍襄阳(今属湖北),生于河南巩县,杜审言之孙。安史乱前困顿长安10年,求仕无门。安史乱中注凤翔投肃宗,任左拾遗。后因触怒肃宗,贬为华州司功参军。乾元二年(公元759年)弃官辗转入蜀。大历三年(公元768年)出三峡,病死于湘水舟中。诗人一生潦倒,但忧国忧民之志却穷而益坚。其诗被尊为"诗史",诗风沉郁顿挫,影响深远。今存诗1400余首。

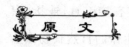

宿江边阁

暝色延①山径,高斋②次水门。

薄云岩际宿,孤月浪中翻③。

鹳④鹤追飞静,豺狼得食喧。

不眠忧战伐,无力正乾坤。

41

①暝色:苍茫的暮色。延:这里有接引的意思。

②高斋:指西阁,有居高临下之意。

③"薄云"二句:这两句是改何逊"薄云岩际出,初月波中上"(《入西塞示南府同僚》)句而成,诗人从眼前生动景色出发,只换了四个字,就把前人现成诗句和自己真实感受结合起来,焕发出夺目的异彩。

④鹳:形似鹤的水鸟。

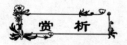

杜甫于大历元年(公元766年)秋寓居夔州的西阁。阁在长江边,有山川之胜。此诗是未移寓前宿西阁之作。诗人通过不眠时的所见所闻,抒发了他关心时事,忧国忧民的思想感情。

首联对起。一条登山小径，蜿蜒直抵阁前。"延"有接引意，连接"暝色"和"山径"，仿佛暝色是山径迎接来的一般，赋予无生命的自然景物以生趣。这句写出了苍然暮色自远而至之状。

颔联写诗人寄宿西阁，夜长不寐，起坐眺望时所见。诗人欣赏绝境的物色，为初夜江上的山容水态所吸引，写下了"薄云岩际宿，孤月浪中翻"的名句。薄薄的云层漂浮在岩腹里，就像栖宿在那儿似的。江上波涛腾涌，一轮孤独的明月映照水中，好像月儿在不停翻滚。

颈联写深夜无眠时所见所闻。这时传入耳中的，但有水禽山兽的声息。鹳鹤等专喜捕食鱼介类生物的水鸟，白天在水面上往来追逐，搜寻食物，此刻已停止了捕逐活动；生性贪狠的豺狼，这时又公然出来攫夺兽畜，争喧不止。这两句所表现的情景，切合夔州附近既有大江，又有丛山的自然环境。也在一定程度上唤起人们对当时黑暗社会现实的联想。被鹳鹤追飞捕捉的鱼介，被豺狼争喧噬食的兽畜，不正是在战乱中被掠夺、压榨的劳动人民的一种象征吗？

尾联对结，点出"不眠"的原委。永泰元年（公元 765 年）五月，杜甫离开成都草堂东下，次年春末来到夔州。这时蜀中大乱。杜甫留滞夔州，忧念"战伐"，寄宿西阁时听到鹳鹤、豺狼的追逐喧嚣之声而引起感触。诗人早年就有远大的政治抱负，而今漂泊羁旅，无力实现整顿乾坤的夙愿，社会的动乱使他忧心如焚，彻夜无眠。这一联正是诗人忧心国事的情怀和潦倒艰难的处境的真实写照。

薄云岩际宿，孤月浪中翻。

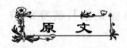
夔州①歌十绝句(其一)

中巴之东巴东山②,江水开辟流其间。
白帝③高为三峡镇,瞿塘险过百牢关。

注释

①夔州:今四川奉节。

②中巴:东汉末刘璋据蜀,分其地为三巴,有中巴、西巴、东巴。夔州为巴东郡,在"中巴之东"。巴东山:即大巴山,在川、陕、鄂三省边境,诗中特指三峡两岸连山。

③白帝:即白帝城,城在夔州之东的北岸高峰顶上。

赏析

这首诗作于大历初年,描绘歌颂了此处的山川形胜。"巴""东"字在首句重复,前分后合,构成由舒缓转急促的节拍,使人从声音上感受到大山的气势。"中巴之东巴东山",七字皆阴平声,更属创格,形成奇崛拗峭的音调,有助于气氛渲染,给人以石破天惊之感。次句写江水,"开辟"用如时间副词,意为从开天辟地以来,自古以来。不说"自古"而说"开辟",极见推敲。因为"自古"只能表达一个抽象的时间概念,而"开辟"这个动词联合结

诗中水

43

构的词汇富于形象性,能引起一种动感,仿佛夔门的形成是浪打波穿的结果,既形容出自然的伟力,又见其地势的古老和险要。

三、四两句具体地描绘其山川形胜。白帝城是公孙述割据称雄之处,也是三国时蜀汉防东吴的要冲,因它守住瞿塘峡口,足资镇压,所以说是"三峡镇"。在湍急的瞿塘峡江心,旧时有滟滪堆,冬日出水,夏日没入水中成为暗礁,所以"其间道路古来难",不可谓不险。"百牢关"在汉中,两岸绝壁相对而立,60里不断,因为它和夔州的瞿塘相似,所以用来作比。下联抓住"高""险"特征,笔力千钧,把"高江急峡"写得极有气势。

白帝高为三峡镇,瞿塘险过百牢关。

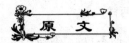

江 亭

坦腹①江亭暖，长吟野望时。

水流心不竞②，云在意俱迟。

寂寂春将晚，欣欣③物自私。

江东犹苦战，回首一颦眉。

①坦腹：敞开胸怀。

②竞：竞争。

③欣欣：百花斗妍，欣欣向荣。

45

赏 析

这首诗写于上元二年（公元 761 年），当时杜甫居于成都草堂，生活暂时比较安定，有时也到郊外走走。

从"坦腹江亭暖，长吟野望时"句看，诗人和那些山林隐士的感情没有很大的不同，然而却并非如此。

"水流心不竞"，是说江水如此滔滔，好像为了什么事情，争着向前奔跑；而诗人此时却心情平静，无意与流水相争。"云在意俱迟"，是说白云在天上移动,那种舒缓悠闲,与我此时的闲适心情没什么两样。

　　"寂寂春将晚,欣欣物自私"两句进一步揭示出诗人的本色。"寂寂"句带出心头的寂寞;"欣欣"句透露了众荣独瘁的悲凉。这是一种融景入情的手法。晚春本来并不寂寞,诗人此时处境闲寂,移情入景,自然觉得景色也是寂寞无聊的了;眼前百草千花争妍斗奇,欣欣向荣,然而都与己无关,引不起自己心情的欣悦,正好说明诗人此时心境并非是那样悠闲自在的。

　　"江东犹苦战,回首一颦眉",是说诗人又陷入满腹忧国忧民的愁绪中去了。诗人写此诗时,安史之乱未平。他虽然避乱在四川,却忘不了国家安危。

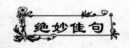

　　　　　　　水流心不竞,云在意俱迟。

文学常识丛书

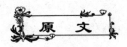

诗中水

佳人

绝代①有佳人,幽居在空谷。

自云良家子,零落依草木。

关中昔丧乱,兄弟遭杀戮。

官高何足论,不得收骨肉。

世情恶衰歇,万事随转烛②。

夫婿轻薄儿,新人美如玉。

合昏③尚知时,鸳鸯不独宿。

但见新人笑,那闻旧人哭。

在山泉水清,出山泉水浊。

侍婢卖珠回,牵萝补茅屋。

摘花不插发,采柏动盈掬。

天寒翠袖薄,日暮倚修竹。

47

①绝代:绝世,指其美貌举世无匹。

②转烛:烛光随风转动摇曳,喻世态反复无常。

③合昏:植物名,又名合欢、夜合。

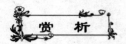

赏 析

　　描写战乱中弃妇的痛苦,慨叹人情势利,世态炎凉。此诗写于乾元二年(公元 759 年)秋杜甫弃官西行入秦州(州治在今甘肃天水)时。诗中佳人之无辜被逐、浪迹天涯的遭遇,坚守高节、不随时俯仰的意志,实际是诗人的自我写照。全诗寓情于事,继承发扬了汉乐府"感于哀乐,缘事而发"的优良传统。

绝妙佳句

　　　　在山泉水清,出山泉水浊。

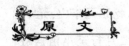

梦李白二首(其一)

死别已①吞声,生别常恻恻。

江南瘴疠②地,逐客无消息。

故人入我梦,明我长相忆。

恐非平生魂,路远不可测。

魂来枫林青,魂返关塞黑。

君今在罗网,何以有羽翼。

落月满屋梁,犹疑照颜色③。

水深波浪阔,无使蛟龙得。

诗中水

49

①已:止。

②瘴疠(zhàng lì):南方山林间的湿热之气称瘴气,古人认为它会致病。疠,指瘟疫。

③颜色:容貌。

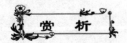

永王李璘因受肃宗猜忌,至德二年(公元 757 年)在长江中下游与官军

发生军事冲突,兵败被杀;李白因入李璘幕受牵连下狱,乾元元年(公元758年)流放夜郎(今贵州桐梓)。乾元二年(公元759年)二月行至巫山遇赦,还江陵。杜甫此诗写于这年秋天,因不知李白遇赦,故积想成梦,深为其蒙冤流放而不平。这首诗以抒发忆念的深情开始,转入迷离恍惚的梦境描写,字里行间流露出对李白命运的关切,情调格外深沉。

绝妙佳句

水深波浪阔,无使蛟龙得。

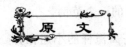

旅夜书怀

诗中水

细草微风岸①，危樯独夜舟②。

星垂③平野阔，月涌大江④流。

名岂文章著，官应老病休⑤。

飘飘⑥何所似？天地一沙鸥。

① 岸：指江岸边。

② 危樯：高树的桅杆。独夜舟：是说自己孤零零的一个夜泊江边。

③ 星垂：星光下照。

④ 月涌：月亮倒映，随小流涌。大江：指长江。

⑤ "名岂"二句：采用"反言以见意"的手法写的。杜甫确实是以文章而著名的，却偏说不是，可见另有抱负，所以这句是自豪语。休官明明是因论事见弃，却说不是，是什么老而且病，所以这句是自解语。

⑥ 飘飘：飞翔的样子，这里含月"飘零""飘泊"的意思，因为这里是借沙鸥以写人的飘泊。

51

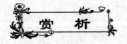

这首诗大约是杜甫带着家人离开成都草堂，乘舟东下，在岷江、长江漂

泊,舟经渝州、忠州一带时写的,是古典诗歌中情景相生的一个范例。

一、二句写近景:微风吹拂着江岸上的细草,竖着高高桅杆的小船在月夜下孤独地停泊着。当时杜甫离开成都是迫于无奈。这一年的正月,他辞去节度使参谋职务,四月,在成都赖以存身的好友严武死去。处此凄孤无依之境,便决意离蜀东下。因此,这里不是空泛地写景,而是寓情于景,通过写景展示他的境况和情怀:像江岸细草一样渺小,像江中孤舟一般寂寞。

三、四句写远景:明星低垂,平野广阔;月随波涌,大江东流。这两句写景雄浑阔大,历来为人所称道。在这两个写景句中寄寓着诗人的什么感情呢?诗人写辽阔的平野、浩荡的大江、灿烂的星月,正是为了反衬他孤苦伶仃的形象和颠簸无依的凄怆心情。这种以乐景写哀情的手法,在古典作品中是经常使用的。

五、六句采用反话来表意。有点名声,哪里是因为我的文章好呢?做官则应该因为年老多病而退休。这是反话,立意极为含蓄。诗人素有远大的政治抱负,但长期被压抑而不能施展,因此声名竟因文章而著,这实在不是他的心愿。这里表现出诗人心中的不平,同时揭示出政治上失意是他漂泊、孤寂的根本原因。

最后两句是说,飘然一身像个什么呢?不过像广阔的天地间的一只沙鸥罢了。诗人即景自况以抒悲怀。水天空阔,沙鸥飘零;人似沙鸥,转徙江湖。这一联借景抒情,深刻地表现了诗人内心漂泊无依的感伤,真是一字一泪,感人至深。

星垂平野阔,月涌大江流。

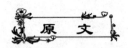

哀江头

少陵野老①吞声哭，春日潜行曲江曲②。

江头宫殿锁千门，细柳新蒲为谁绿。

忆昔霓旌下南苑，苑中万物生颜色。

昭阳殿里第一人③，同辇随君侍君侧。

辇前才人带弓箭，白马嚼啮黄金勒。

翻身向天仰射云，一箭正坠双飞翼。

明眸皓齿今何在，血污游魂④归不得。

清渭东流剑阁深，去住彼此无消息。

人生有情泪沾臆，江水江花岂终极。

黄昏胡骑尘满城，欲往城南望城北。

53

①少陵野老：杜甫自称。

②曲江曲：曲江幽僻的角落。

③第一人：本指汉成帝皇后赵飞燕，此借指杨贵妃。

④游魂：当时杨贵妃已缢死马嵬驿。

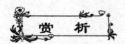

此为诗人安史之乱中被叛军拘禁于长安时所作。江头,指曲江边,这是乱前唐玄宗与杨贵妃常游之地。而今诗人偷偷来到这里,所见只有荒烟蔓草,昔日胜景已荡然无存。于是唱出了"人生有情泪沾臆,江水江花岂终极"的哀歌。诗中作者写到了李、杨的今昔盛衰,但未加评断而只是哀其不幸,这种哀实在是哀国家之不幸耳。全诗以"哀"字为题,也以"哀"字为核心,笼罩全篇。篇首第一句就创造出强烈的哀氛,接着,写春日潜行曲江是哀;睹物伤怀,忆昔日此地的繁华,而今却萧条零落,还是哀;进而追忆贵妃生前游幸曲江的盛事,更是以昔日之乐,反衬今日之哀;再转入叙述贵妃归天,玄宗逃蜀,生离死别的悲惨情景,哀之极矣。最后,不辨南北,也暗示着:那是极度哀伤的表现。全诗的这种"哀"情,是复杂的,深沉的。全诗是对国破家亡的深切巨恸,是李唐从盛世走向衰微的挽歌。

诗的结构跌宕波折,正如魏庆之《诗人玉屑》中所说:"其词气如百金战马,注坡蓦涧,如履平地,得诗人之遗法。"视角由眼前到回忆,由回忆到现实的不断转换,给人造成一种纡曲有致,波澜起伏的感觉,读之令人感到凄切哀悯,肝肠寸断。

人生有情泪沾臆,江水江花岂终极。

黄昏胡骑尘满城,欲往城南望城北。

作者简介

刘长卿(？—约公元786年)，字文房，河间(今属河北)人，唐朝天宝进士，官终随州刺史。诗多写田园山水及隐逸情趣，也有部分反映安史之乱的作品。长于五律，"尝自以为五言长城"，但思锐才窘，已失去盛唐气象。

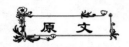

秋日登吴公台①上寺远眺

古台摇落后,秋入望乡心。

野寺来人少,云峰隔水深。

夕阳依旧垒,寒磬满空林。

惆怅②南朝事,长江独自今。

①吴公台:在今江苏江都县,原为南朝刘宋时期沈庆之所筑弩台,后为
陈朝吴明彻增筑。题下原注:"寺即陈将吴明彻战场。"

②惆怅:失意,心情不畅快。

文学常识丛书

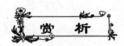

此为吊古思乡之作。前四句写古台、野寺的破败荒凉,已点出登台思
归的寂寞情绪;后四句就此处原是战场而联想到南朝旧事,慨叹古人古事
已成过眼烟云,徒令人茫然感伤。全篇吊古伤今而不著议论,诗人对仕途
厌倦而思归的抑郁心情从画面中流露出来,生动而形象。

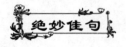

野寺来人少,云峰隔水深。

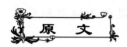

诗中水

寻南溪常道士

一路经行处,莓苔见屐①痕。

白云依静渚②,芳草闭闲门。

过雨看松色,随山到水源。

溪花与禅意,相对亦忘言③。

①屐:木头鞋,此指足迹。

②渚:水中的小洲。

③忘言:《庄子·外物》:"言者所以在意,得意而忘言。"

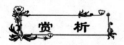

此为山水诗,写一路所见山野景象。虽然"芳草闭闲门",道士没有寻到;但水洲的白云、雨后的松色、山间的清泉,则使人饱览了秀色。而溪花与诗人相对静观,却颇具禅机,似乎万虑俱寂,俗念全消,何必再诉之于言传。以自然来阐述禅机妙悟,这本是魏晋以来已有的普遍现象,并不新奇,但能一洗玄言、佛理的空洞推理,于生动具体的画面和形象之中寄寓某种理趣,则是此诗值得重视的经验。

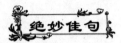

过雨看松色,随山到水源。

文学常识丛书

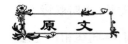

长沙过贾谊宅

三年谪宦此栖迟①,万古惟留楚客②悲。

秋草独寻人去后,寒林空见日斜时。

汉文有道恩犹薄③,湘水④无情吊岂知。

寂寂⑤江山摇落处,怜君何事到天涯⑥。

诗中水

①三年谪宦:贾谊曾贬为长沙王太傅,在长沙住了 3 年。栖迟:居住。

②楚客:这里指贾谊,也指自己和客游于楚的人。

③汉文:汉文帝。恩犹薄:是指不能重用贾谊。

④湘水:屈原自投汨罗,江通湘水,贾谊曾写《吊屈原赋》。

⑤寂寂:落寞。

⑥君:指贾谊,也用来自况。天涯:偏僻边远的地方。"涯"字有两个读音,这里读作 yī。

　　此为诗人羁留长沙时寻访贾谊故宅而写的咏古伤怀之作。首联写贾谊贬逐的遭遇,表现出浓重的悲凉之感;二联化用贾谊赋作的句子描写萧

59

条的秋色；三联直抒感慨，为汉帝不能重用贾谊而深感悲愤，也暗叹诗人之宦海沉浮；尾联于凋残的秋景中表达对贾谊际遇的悲悯，有同病相怜之意。全诗含蓄蕴藉，寄慨遥深，意境孤寂凄楚，用词委婉动人，用典对仗也很精警，颇能代表中唐诗风。

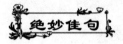

寂寂江山摇落处，怜君何事到天涯。

自夏口至鹦鹉洲望岳阳寄元中丞①

汀洲②无浪复无烟,楚客相思益渺然。

汉口夕阳斜渡鸟,洞庭秋水远连天。

孤城背岭③寒吹角,独树临江夜泊船。

贾谊上书④忧汉室,长沙谪去古今怜。

诗中水

61

①夏口:在今湖北武汉。鹦鹉洲:水洲名,在汉阳西南长江中。中丞:
御史中丞,官名。

②汀洲:指鹦鹉洲。

③孤城:指汉阳。背岭:汉阳背靠龟山。

④上书:指向汉文帝上奏的《治安策》。

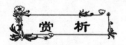

此为怀念友人之作。首联写从夏口至鹦鹉洲所见景象及其对友人
的"渺然"相思之情;二联写由夕望而联想到寓居洞庭的友人,抒发出一

种迷茫之感；三联复写眼前景象，传达出孤寂的情怀；尾联以贾谊忠而遭贬比况友人，也暗喻自己，寄寓宦游生活中的无限悲哀。

绝妙佳句

汉口夕阳斜渡鸟，洞庭秋水远连天。

弹　琴

诗中水

泠泠①七弦上，静听松风寒②。

古调虽自爱，今人多不弹。

注释

①泠泠：本指水声，此用以形容琴声。

②松风寒：以寒风入松林喻声凄清，也指琴曲《风入松》。

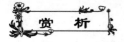赏析

音乐在唐代已有明显的变化，琴瑟不再独霸乐坛，从西域传入的琵琶成为时尚。此诗借听琴抒发感慨，前两句描写美妙的琴声，后两句为议论性的抒情，感叹知音稀少。全篇寄托了诗人孤芳自赏的情怀，流露出落落寡合的孤独感。

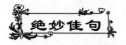绝妙佳句

泠泠七弦上，静听松风寒。

作者简介

　　顾况(约公元 727—约 816 年),字逋翁,自号华阳山人,润州
丹阳(今属江苏)人。唐朝至德进士,曾官著作郎,晚年隐居茅山。
诗风质朴平易,亦有纵横奇诡之作,对元白、韩孟诗派均有影响。

诗中水

宫 词

玉楼天半^①起笙歌,风送宫嫔笑语和。
月殿影开闻夜漏^②,水精帘卷近秋河^③。

注 释

①玉楼:皇帝居住的殿阁。天半:天空宫殿楼阁高耸入云。

②闻夜漏:这里指夜深。漏,古代计时间的铜壶滴漏。

③水精帘:即水晶帘。

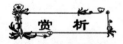
赏 析

　　此为宫怨之作。前两句写高耸入云的皇宫玉楼的热闹景象,歌声、乐曲声、笑语声烘托出欢乐的气氛。后两句描写被冷落的宫女处境,月照深宫,更深影移,只闻夜漏;宫女起身卷帘,似乎已身临银河,再现出凄清孤寂的景象。前后构成欢乐与孤寂、热闹与冷清的强烈对比,将怨情不露痕迹地表现了出来。

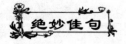
绝妙佳句

月殿影开闻夜漏,水精帘卷近秋河。

65

作者简介

　　韦应物(公元 737—约 789 年),唐代诗人。长安(今陕西西安)人。曾仕唐玄宗、肃宗、代宗、德宗,历官滁州、江州、苏州刺史。诗多写田园风物,名声甚大,后世或以"陶(渊明)韦"并称,或以"王(维)孟(浩然)韦柳(宗元)"并称。

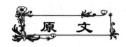

淮上喜会梁州①故人

江汉②曾为客,相逢每醉还。

浮云③一别后,流水④十年间。

欢笑情如旧,萧疏鬓已斑⑤。

何因不归去,淮上有秋山。

诗中水

注释

①淮上:淮水边上,在今江苏省淮阴县一带。梁州:唐州名,在今陕西省南部郑县东。

②江汉:即汉江。在今湖北省境内。

③浮云:用以比喻飘忽不定,聚散无常。

④流水:指逝去的岁月如流水一般。

⑤萧疏:稀疏。斑:花白。

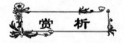

赏析

此诗写旧友久别重逢。浮云一别,流水十年,虽然欢情如旧,可惜的是彼此都衰老了。诗中既写了重逢的喜悦,也写了诗人因爱慕淮上风光和多情的秋山而客居异乡的逸兴闲情,不过,"萧疏鬓已斑"的事实又使诗歌流露出些许伤感的情调。通观全诗,它虽有某种伤感意绪,但并不悲凉凄恻,王维、孟浩然诗气象清朗的韵致在本篇中又得到了体现。

浮云一别后,流水十年间。

文学常识丛书

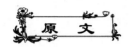

送杨氏女①

永日方戚戚,出行复悠悠。

女子今有行②,大江溯轻舟。

尔辈苦无恃③,抚念益慈柔。

幼为长所育④,两别泣不休。

对此结中肠,义往⑤难复留。

自小阙内训,事姑贻⑥我忧。

赖兹托令门⑦,仁恤庶无尤。

贫俭诚所尚,资从⑧岂待周。

孝恭遵妇道,容止顺其猷⑨。

别离在今晨,见尔当何秋。

居闲始自遣,临感忽难收。

归来视幼女,零泪缘缨⑩流。

注　释

①杨氏女:嫁给杨家的女儿。

②有行:出嫁。

③无恃:幼年无母。

④此句下诗人自注:"幼女为杨氏所抚育。"

⑤义往：理当往夫家，指出嫁。

⑥事姑：侍奉婆婆。贻(yí)：留下，带来。

⑦令门：有名望的人家。

⑧资从：指嫁妆。

⑨猷(yóu)：规矩，法度。

⑩缨：系帽的带子。

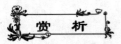

此为送女出嫁的伤别诗。先交代女儿远嫁，次写自幼丧母的两个女儿的难舍难分。面对此种情景，诗人倍加伤怀，一面悲痛女儿的"无恃"，一面代行亡妻之责反复叮咛女儿，语重心长。全篇娓娓而谈，质朴无华，因其情真意切发自肺腑，故感人至深。

居闲始自遣，临感忽难收。

归来视幼女，零泪缘缨流。

作者简介

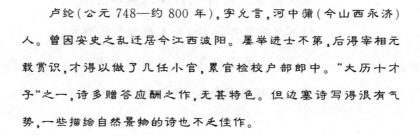

　　卢纶（公元 748—约 800 年），字允言，河中蒲（今山西永济）人。曾因安史之乱迁居今江西波阳。屡举进士不第，后得宰相元载赏识，才得以做了几任小官，累官检校户部郎中。"大历十才子"之一，诗多赠答应酬之作，无甚特色。但边塞诗写得很有气势，一些描绘自然景物的诗也不乏佳作。

晚次鄂州①

云开远见汉阳城②，犹是孤帆一日程③。

估客④昼眠知浪静，舟人夜语⑤觉潮生。

三湘⑥衰鬓逢秋色，万里归心对月明。

旧业已随征战⑦尽，更堪江上鼓鼙⑧声！

注　释

①晚次：指晚上到达。鄂州：唐时属江南道，在今湖北鄂城县。

②汉阳城：今湖北汉阳，在汉水北岸，鄂州之西。

③一日程：指一天的水路。

④估客：商人。

⑤舟人：船夫。夜语：晚上说话。

⑥三湘：湘江的三条支流。这里泛指汉阳、鄂州一带。

⑦征战：指安史之乱。

⑧江：指长江。鼓鼙：军用大鼓和小鼓。

文学常识丛书

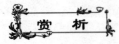
赏　析

此为诗人于乱离中漂泊江南停舟鄂州之作，通过描写舟行途中见闻，表现伤乱思归的心情,前四句以写景为主,后四句以抒怀为主,情景交融,淡雅含蓄。"估客昼眠"两句选择生动的细节状物写人,生动传神。《昭昧詹言》评为"兴在象外,卓然名句"。《唐诗别裁》说:"读三四语,如身在江舟间矣。"

估客昼眠知浪静,舟人夜语觉潮生。

作者简介

　　司空曙，字文明，一作文初，广平（今河北永年境内）人。卢纶表兄，"大历十才子"之一。长于五律，多写自然景色和乡情旅思。

云阳馆与韩绅宿别

故人江海别,几度①隔山川。

乍②见翻疑梦,相悲各问年。

孤灯寒照雨,深竹暗浮烟。

更有明朝恨,离杯惜共传③。

①几度:多少道。

②乍:骤,突然。

③共传:互相举杯。

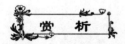

此诗叙久别重逢,乍见又别的情景。云阳,在今陕西径阳西北。首联叙久别,次联叙突然相逢犹疑是梦,三联以驿馆外景物渲染凄凉心态和惜别情绪,尾联以珍惜离怀劝勉友人。全篇质朴自然,细腻深婉,"乍见"两句《瀛奎律髓》誉为"久别忽逢之绝唱"。

乍见翻疑梦,相悲各问年。

作 者 简 介

　　李益(公元748—829年),字君虞,祖籍陇西姑臧(今甘肃武威),迁居郑州(今属河南)。大历四年(公元769年)进士及第,授郑县(今陕西华县)尉,迁主簿。

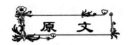

行 舟

柳花飞入正行舟，卧引菱花信碧流①。

闻道风光满扬子②，天晴共上望乡楼。

①引：摘。菱花：菱角的花。信碧流：听任小船顺江水漂流。

②闻道：听说。扬子：扬子江。

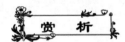

"柳花飞入正行舟，卧引菱花信碧流"两句是写景。舟行扬子江中，岸上柳絮飘来，沾襟惹鬓；诗人斜卧舟中，一任菱花轻舟随着碧绿的江流荡漾东去。粗粗看来，俨然一幅闲情逸致的画面，仔细品味，方使人觉出其中自有一种落寞惆怅的情绪在。春回大地，绿柳飘絮，按说应使人心神怡悦，但对于客居异地的游人来说，却常常因为"又是一年春好处"而触发久萦心怀的思乡之念。何况，柳枝还是古人赠别的信物，柳花入怀，自然会撩惹游子乡思的愁绪。

"闻道风光满扬子"这一句是说，诗人自己思乡心切，愁绪萦怀，没有观赏风景的兴致，"风光满扬子"只是听人所道，他不想看，也不愿看，因为他身处江南,神驰塞北(诗人故乡在陇西姑臧),眼前明媚的春光非但不能使他赏心悦目,反倒只能增其乡思愁绪。

"天晴共上望乡楼",诗人舟行扬子江,不是为了赏景,而是为登楼望乡而来。但读诗至此,读者心里不免又生出许多新的疑问:为什么要在"风光满扬子"的"晴天"才登楼望乡呢?诗中没有明说,留给读者去想象、体会、玩味。正是这种不明说使这首诗独具特色,给读者以想象的空间,读后有余味。

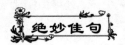

绝妙佳句

柳花飞入正行舟,卧引菱花信碧流。

文学常识丛书

作者简介

柳中庸,名淡,河东(今山西永济)人。大历时进士,曾任洪州户曹参军。柳宗元族叔,萧颖士爱其才,以女妻之。与李端交注甚密,擅长写作闺怨与边塞诗。

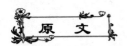

征人怨

岁岁金河复玉关①,朝朝马策②与刀环。

三春白雪归青冢,万里黄河绕黑山③。

①金河:又名大黑河,源出内蒙古,注入黄河。玉关:即今甘肃的玉门关。

②马策:马鞭。

③黑山:又名杀虎山,在今内蒙古。

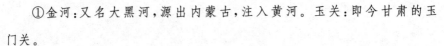

此为边塞诗中的名篇。前两句写戍卒年年辗转驻守于金河、玉关的荒凉边地,天天与马鞭、大刀为伴,其劳顿艰辛已不言自明;后两句写边地风光,暮春雪飘,河缠关山,暗喻戍卒忍饥号寒、跋涉塞外之态。诗歌两联各自成对,且句中又有成对之词,写景叙事不着怨字而怨自见,耐人寻味。

文学常识丛书

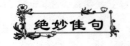

三春白雪归青冢,万里黄河绕黑山。

作者简介

孟郊(公元 751—814 年),字东野,湖州武康(今属浙江)人。少隐于嵩山,年近 50 才中进士,任溧阳尉。孟郊一生潦倒,诗多寒苦之音,受韩愈推重,与贾岛有"郊寒岛瘦"之称。

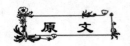

列 女 操①

梧桐②相待老,鸳鸯会双死。

贞妇贵殉夫,舍生亦如此。

波澜誓不起,妾心古井水。

①列女:封建社会用以指贞洁妇女。操:乐府《琴曲》中的一种体裁。

②梧桐:传说梧是雄树,桐是雌树,两相偕老。

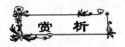

此诗表彰贞女。诗歌以比兴来表达对坚守节操的妇女的热情赞美,构思是精到的,然而这种"贞妇贵殉夫"的观念则是应该摒弃的封建道德信条。作为一种历史现象,此诗可供研究者玩味。

波澜誓不起,妾心古井水。

文学常识丛书

作者简介

　　张籍(公元 767—830 年),唐代著名诗人。字文昌,原籍吴郡(今江苏苏州),侨居和州乌江(今安徽和县乌江镇)。唐德宗贞元进士,历官水部郎中、国子司业等。其诗讲求讽喻比兴,擅长乐府歌行,与王建并称"张王",为新乐府运动的生力军。

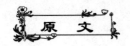

夜 到 渔 家 ①

渔家在江口，潮水入柴扉。

行客欲投宿，主人犹未归。

竹深村路远，月出钓船稀。

遥见寻沙岸，春风动草衣②。

文学常识丛书

①题也作《宿渔家》。

②"遥见"二句：远远看见有人在寻沙岸泊船，风吹动着他的草衣（作者在盼望主人归来，所以注视沙岸来船）。沙岸：水中沙丘。草衣：蓑衣。

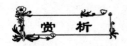

在众多的诗句题材中，诗人独具一格，选取了渔民生活进行描写。题材新颖，艺术构思富有独创性。

"渔家在江口，潮水入柴扉"，茅舍简陋，靠近僻远江口，便于出江捕鱼。时值潮涨，江潮侵入了柴门。诗人在柴门外窥望，发现屋里无一人。诗人为何在门外徘徊张望呢？原来他要在这户渔民家里投宿，而屋主人却还未回家。

"行客欲投宿",暗示时已临晚,而"主人犹未归",透露出主人在江上打鱼时间之长,其劳动之辛苦不言而喻。

"竹深村路远,月出钓船稀",诗人在屋外踯躅,观看四周环境:竹丛暗绿而幽深,乡间小路蜿蜒伸展,前村还在远处;诗人焦急地眺望江面,江上渔船愈来愈稀少。一个"远"字,隐隐写出诗人急于在此求宿的心境。"月出",表明夜已降临。"钓船稀"则和"主人犹未归"句,前后呼应,相互补充。

"遥见寻沙岸",诗人渴望主人归来的心情更加迫切,他不断眺望江口,远远看见一叶扁舟向岸边行来,渔人正寻沙岸泊船,他身上的蓑衣在春风中飘动。期待已久的渔人大概回来了吧!诗人喜悦的心情陡然而生。"春风动草衣"一句,形象生动,调子轻快,神采飞扬,极富神韵,给人特别深刻的印象,凝聚了诗人对渔民的深情厚义。

遥见寻沙岸,春风动草衣。

作者简介

　　王建,唐代诗人。字仲初,祖籍颍川(今河南许昌),生于关辅(长安近郊)。早年与张籍相识于历城(今山东济南),后又与韩愈、白居易交注。擅长乐府,与张籍齐名。所写《宫词》百首,著名当时,仿作者甚众。

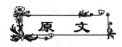

原文

诗中水

水 夫 谣

苦哉生长当驿①边，官家使我牵驿船。

辛苦日多乐日少，水宿②沙行如海鸟。

逆风上水万斛③重，前驿迢迢后森森。

半夜缘堤雪和雨，受他驱遣还复去。

夜寒衣湿披短蓑，臆④穿足裂忍痛何！

到明辛苦无处说，齐声腾踏牵船歌。

一间茅屋何所值，父母之乡去不得。

我愿此水作平田，长使水夫不怨⑤天。

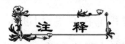

注 释

①驿：驿站。

②水宿：夜宿水船。

③斛：古量器名，也是容量单位，十斗为一斛。

④臆：胸部。

⑤怨：抱怨。

赏 析

这首诗通过对一个纤夫的内心描写，点出了水上服役的痛苦，对当时
不合理的劳役制度进行了控诉，写得颇有特色。

"苦哉生长当驿边,官家使我牵驿船",这两句是总叙生长水边为驿站服役的痛苦心情。第一句用"苦哉"二字领起全篇,定下了全诗感情的基调。水夫脱口发出这一声嗟叹,说明他内心的悲苦是难以抑制的。第二句点出了使水夫痛苦的原因。古代官设的交通驿站有水陆两种,住在水边,要为水驿牵船服役。

"辛苦日多乐日少,水宿沙行如海鸟",较前描写进了一步,把人比作海鸟,说纤夫的生活像海鸟一样夜宿水船,日行沙上,过着非人的生活。

"逆风上水万斛重,前驿迢迢后森森",诗人用细腻的笔墨,具体描写纤夫从日到夜、又由夜到明的牵船生活。前一句,顶风一层,逆水一层,船重一层,备述行船条件的困难;行船如此难,而前面的驿站是那样的遥远,水波茫茫无边无际,纤夫的苦难日子似乎走不到尽头。

"半夜缘堤雪和雨,受他驱遣还复去",写黑夜牵船的痛苦。诗人写一个雨雪交加的寒夜,纤夫们披着短蓑,纤绳磨破了胸口,冻裂了双脚,一切痛苦,他们都无可奈何地忍受着。

"到明辛苦无处说,齐声腾踏牵船歌",一夜挣扎,没有丝毫报酬,可是在凶残的官家面前,纤夫能够说什么呢?只好把满腔愤懑积郁在心里,用歌声发泄内心的怨愤不平,用歌声协调彼此的动作,在困乏疲惫中举步向前。

"一间茅屋何所值,父母之乡去不得",纤夫的全部财产只有一间茅屋,本不值得留恋,可又舍不得离开故乡。即使逃离水乡,他们的处境也不会好。这就道出了纤夫们不逃离这个苦难深渊的原因。

"我愿此水作平田,长使水夫不怨天",这是寄托纤夫希望的两句诗。但是,水变平田有些不现实,这样,他们的痛苦实际上还是没有解除。

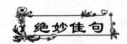

绝妙佳句

辛苦日多乐日少,水宿沙行如海鸟。

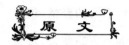

望 夫 石①

望夫处,江悠悠。化为石,不回头。
山头日日风复雨②,行人归来石应语。

①这是一首依据古老的民间传说写成的抒情小诗。

②"山头"句:是说望夫石风雨不动,坚如磐石,年年月月,日日夜夜,长久地经受着风吹雨打,然而它没有改变初衷,依然伫立江岸。

赏 析

"望夫处,江悠悠",写出望夫石的环境、气氛。浩浩不断的江水边,伫立着状如女子翘首远眺的巨石。山,无语伫立;水,不停地流去。山、水、石,动静相间,相映生辉,形象之鲜明,自不待言。"悠悠"二字,描绘江水千古奔流,滔滔不绝,既交代了故事发生的背景,渲染了浓郁的抒情气氛。

"化为石,不回头",具体描绘望夫石的形象。人已物化,变为石头;石又通灵,曲尽人意,人与物合,情与景谐。这不仅形象地描绘出望夫石的生动形象,同时也把思妇登临的长久,想念的深切,对爱情的忠贞不渝刻画得淋漓尽致。

"山头日日风复雨",写石头的形象和品格,说的仍是思妇的坚贞。她

诗中水

89

历经了种种艰难困苦,饱尝了相思的折磨,依然怀着至死不渝的爱情,依然在盼望着,等待着远方的行人。这淳朴而优美的节操,这坚贞的爱情,难道不令人同情和起敬吗?

"行人归来石应语",千种相思,万种离情,她有多少话要对远行的丈夫倾吐啊!这是诗人的浪漫推想:待到远行的丈夫归来之时,这伫立江边的石头定然会倾诉相思的衷肠啊!然而,丈夫在何方?何日归呢?结句实在是含悠然不尽之意,给人以美的启示和美的享受。

总的来看,这首诗于平淡质朴中蕴含着丰富的内容,耐人咀嚼,发人深思。

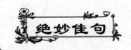

绝妙佳句

山头日日风复雨,行人归来石应语。

文学常识丛书

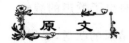
江 馆①

水面细风生②,菱歌慢慢声③。

客亭④临小市,灯火夜妆明。

①江馆:是市镇上一所临江的旅馆。

②"水面"句:清风徐来,水波微兴的景象。

③菱歌:采菱女子唱的民歌小调。慢慢声:婉曼柔美,舒缓悠扬。

④客亭:诗人夜宿的江馆中的水亭。

赏 析

这首诗是一幅清新的江馆夜市的素描。诗里写的,便是诗人夜宿江馆所见江边夜市的景色。

"水面细风生",写的是清风徐来,水波微兴的景象。但因为是在朦胧的暗夜,便主要不是凭视觉而是凭触觉去感知。"生"字朴素而真切地写出微风新起的动态,透露出在这以前江面的平静,也透露出诗人在静默中观察、感受这江馆夜景的情态。

"菱歌慢慢声",转从听觉角度来写。夜市中歌女在清唱,她们唱的大

诗中水

91

概就是江南水乡采菱采莲一类民歌小调。"慢慢声",写出了歌声的婉转、悠扬。在这朦胧的夜色里,这菱歌清唱之声,随着阵阵清风的吹送,显得格外清扬悦耳,动人遐想。

"客亭临小市",客亭紧靠着"小市",这才能听到菱歌清唱,看到灯火夜妆,领略水乡夜市的风情。这一句,使文势出现顿挫曲折,也使读者在情绪上稍作间歇和酝酿,跟着诗人一起用视觉去捕捉夜市最动人的一幕。

"灯火夜妆明"时,景象便显得分外引人注目,而夜市的风姿也就以鲜明的画面美和浓郁的诗意美呈现在眼前了。这一句明确交代了诗人所在的地方和他所要描绘的对象,在全篇中起着点题的作用。

绝妙佳句

水面细风生,菱歌慢慢声。

文学常识丛书

作者简介

　　韩愈(公元 768—824 年),唐代文学家、哲学家。字退之,河南河阳(今河南孟县)人,韩氏郡望为昌黎,自称昌黎韩愈。德宗贞元进士,累官吏部侍郎,卒谥文。诗自成一家,以赋为诗,以议论、散文、才学入诗,于李杜外自辟蹊径,直启宋诗。

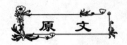

湘 中①

猿愁鱼踊水翻波,自古流传是汨罗。
蘋藻②满盘无处奠,空闻渔父③扣舷歌。

①贞元末年,韩愈官监察御史,因为关中旱饥,上疏请免徭役赋税,遭谗被贬为连州阳山令。作此诗。

②蘋藻:《诗经·召南·采蘋》写祭祀情况,蘋、藻(水草)都是祭物。"于以采蘋""于以采藻""于以奠之"。

③渔父:暗用楚辞《渔父》的典故。

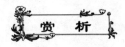

这首诗寓激愤哀切之情于深长的韵味之中,充分体现了韩愈在艺术上的创新精神和深厚造诣。

"猿愁鱼踊水翻波,自古流传是汨罗"两句,语调拗折,句法奇崛。如按通常章法,应首先点出汨罗江名,然后形容江上景色,但这样语意虽然顺畅,却容易平淡无奇,流于一般写景。诗人运用倒装句法,突出了江景:山猿愁啼,江鱼腾涌,湘波翻滚,一派神秘愁惨的气氛,已为诗人哀愤的心境写照。

"蘋藻满盘无处奠,空闻渔父扣舷歌",诗人来到汨罗江本是为凭吊屈原而一泄心中的郁闷,然而就是在这里也得不到感情上的慰藉:江边到处飘浮着可供祭祀的绿蘋和水藻,可是屈原投江的遗迹已经荡然无存;当初贾谊尚能投书一哭,今日却连祭奠的地方都无从找寻,唯有江上的渔父舷歌依然,遥遥可闻。相传屈原贬逐,披发行吟泽畔,遇一渔父相劝道:"举世混浊,何不随其流而扬其波?众人皆醉,何不哺其糟而啜其醨?"说罢,"歌曰:沧浪之水清兮,可以濯吾缨,沧浪之水浊兮,可以濯吾足。"如今屈原已逝,渔父犹在,今日之渔父虽非昔日之渔父,然而今日之诗人正如昔日之屈原,贤者遭黜,隐者得全,清浊醒醉,古今一理。这里暗用《楚辞·渔父》的典故,情景交融,浑然天成,含蓄地抒发了那种无端遭贬的悲愤和牢骚。

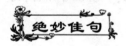

猿愁鱼踊水翻波,自古流传是汨罗。

作者简介

　　刘禹锡(公元 772—842 年),唐代文学家、哲学家。字梦得,洛阳(今属河南)人,一说彭城(今江苏铜山)人。德宗贞元进士,参与永贞革新,失败后贬朗州司马、迁连州刺史,晚年任太子宾客分司东都。其诗婉而多讽,与柳宗元并称"刘柳",与白居易并称"刘白"。他模仿民间歌谣写成的《竹枝》等词,一新读者耳目,论者评价颇高。

浪淘尽

日照澄洲①江雾开,淘金女伴满江隈②。

美人首饰侯王印,尽是沙中浪底来。

①澄洲:清澈江水环绕的小洲。

②江隈:江水弯曲之处。

赏析

"日照澄洲江雾开,淘金女伴满江隈",描绘了一副淘金妇女辛勤劳动的图画:红日冉冉上升,逐渐驱散了弥漫在江面的烟雾,江中的沙洲清晰可见。一群淘金妇女早已结伴散布在江边弯曲之处,紧张地从事着淘金工作。这一场景表达了对妇女的尊重和对劳动的赞美,体现了诗人的平民思想,具有高昂的格调。

"美人首饰侯王印,尽是沙中浪底来",诗人思绪飞驰,由眼前生产黄金之人想到占有黄金之人:淘金女起早贪黑流血流汗换来的黄金,被制成了首饰戴在贵族妇女的身上;被铸成了金印握在侯王的手中。这两句具有深刻的批判性,用语极为精炼,且后前两句形成鲜明对比:劳动者与剥削者对比;劳者不获与获者不劳对比。

美人首饰侯王印,尽是沙中浪底来。

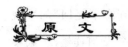

浪 淘 沙①

九曲黄河万里沙,浪淘风簸自天涯②。

如今直上银河去③,同到牵牛④织女家。

①浪淘沙:唐代一种曲子的名称。

②浪淘风簸:黄河卷着泥沙,风浪滚动的样子。天涯:天边。

③古人以为黄河和银河相通。

④牵牛:即传说中的牛郎。他和织女因触怒天帝,被分隔在银河两岸,每年只许他们在农历七月初七相会一次。

99

赏 析

《浪淘沙》共9首,这是第一首,是诗人任夔州刺史时所作。这是一首描写黄河雄伟气势的名篇。

黄河,作为中华民族光辉灿烂文化的发源地,古往今来,无数诗人为她放声歌唱。这首黄河诗开篇与众多的黄河诗篇一样,着力描写九曲黄河大浪淘沙之势。紧接着穷河源遇牛郎织女的典故,再把"黄河之水天上来"更加形象化。

三、四句以"直上"为转折,把人们的视线从"奔流到海不复回"的顺视中拉回,从地下引到天上,从现实世界进入神话世界——黄河连银汉,乘槎溯河源。全诗节奏有徐有疾,奔放而有宕逸之气。

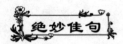

九曲黄河万里沙,浪淘风簸自天涯。

堤上行三首(其一)

酒旗^①相望大堤头,堤下连樯^②堤上楼。

日暮行人争渡急,桨声幽轧^③满中流。

诗中水

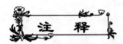
①酒旗:即酒帘子。悬挂于酒店门首,招引顾客。

②樯:船桅。连樯,形容船只很多。

③幽轧:象声词,这里是形容桨的声音。

101

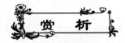
　　这首诗是《堤上行》3 首中的第一首。大约写于诗人任夔州刺史到和州刺史时,即长庆二年(公元 822 年)到长庆四年(公元 824 年)。

　　一、二句写的是:堤头酒旗相望,堤下船只密集,樯橹相连。可以想见这个江边码头是个人烟稠密、估客云集的热闹所在。这两句诗为我们展示了江南水乡风俗画的完整背景。

　　三、四两句,描绘近景,画出了一幅生动逼真的江边晚渡图。"日暮行人争渡急"中的"争"字和"急"字,不仅点出了晚渡的特点,而且把江边居民忙于渡江的神情和急切的心理以洗炼的语言描绘出来。诗人写黄昏渡口场面时，还兼用了音响效果，他不写人声的嘈杂，只用象声词"幽轧"两字，来突出桨声，写出了船只往来之多和船工的紧张劳动，使人如有身临其境的感觉。

这首诗将诗情与画意揉在一起，把诗当作有声画来描绘。诗人很善于捕捉生活形象：酒旗、楼台、樯橹、争渡的人群、幽轧的桨声，动静相映，气象氤氲，通过优美的艺术语言把生活诗化了。

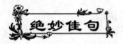

日暮行人争渡急，桨声幽轧满中流。

作者简介

白居易（公元 772—846 年），唐代诗人。字乐天，号香山居士、醉吟先生。是继李白、杜甫之后唐代又一位大诗人。有《长庆集》诗 20 卷，《后集》诗 17 卷，《别集补遗》2 卷。

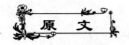

白 云 泉①

天平山①上白云泉,云自无心水自闲。

何必奔冲山下去,更添波浪向人间!

①白云泉:天平山山腰的清泉。

②天平山:在今江苏省苏州市西。

"天平山上白云泉",点出吴中的奇山丽水、风景形胜的精华所在。天平山在苏州市西 20 里。此山在吴中最为高耸,一峰端正特立,巍然特出,群峰拱揖,岩石峻峭。山上青松郁郁葱葱。白云泉号称"吴中第一水",泉水清洌而晶莹,自白居易题以绝句,名遂显于世。

"云自无心水自闲",白云随风飘荡,舒卷自如,无牵无挂;泉水淙淙潺流,自由奔泻,从容自得。诗人无意描绘天平山的巍峨高耸和吴中第一水的澄清透澈,却着意描写"云无心以出岫"的境界,表现白云坦荡淡泊的胸怀和泉水闲静雅致的神态。句中连用两个"自"字,特别强调云水的自由自在,逍遥而惬意。这里移情注景,景中寓情,"云自无心水自闲",恰好是诗人思想感情的自我写照。

　　"何必奔冲山下去,更添波浪向人间",面对闲适的白云与泉水,诗人不禁产生羡慕的心情,这种清静无为、与世无争的思想便油然而生。问清清的白云泉水,何必向山下奔腾飞泻而去,给纷扰多事的人世推波助澜!这两句集中反映了诗人随遇而安、出世归隐的思想,表现了诗人后期人生观的一个侧面。

　　诗人在写这首七绝时,并不注重用浓墨重彩描绘天平山上的风光,而是着意摹画白云与泉水的神态,将它人格化,使它充满生机、活力,点染诗人自己闲逸的感情。诗人采取象征手法,写景寓志,以云水的逍遥自由比喻恬淡的胸怀与闲适的心情;用泉水激起的自然波浪象征社会风浪,言浅旨远,寄托深厚,理趣盎然。

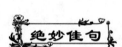

天平山上白云泉,云自无心水自闲。

作者简介

　　柳宗元(公元 773—819 年),字子厚,河东(在现在山西省)人,唐代文学家和思想家。因为他参加了反对宦官和贵族大官僚的政治革新活动,所以长期受到权贵的迫害。他的散文题材多样,寓意深刻,文笔犀利,有独特的成就,在中国文学史上占有重要地位。柳宗元是唐宋散文八大家之一。

文学常识丛书

渔　翁

渔翁夜傍西岩^①宿，晓汲清湘燃楚竹。

烟销日出不见人，欸乃一声山水绿^②。

回看天际下中流，岩上无心云相逐。

①西岩：即西山，在永州湘江附近。

②欸(ǎi)乃：摇橹声，此指渔歌，唐时渔歌有《欸乃曲》。

107

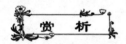

此为贬官永州时所作。前四句写渔翁夜宿晨炊，以及日出江面传来的如春风一般的渔歌。后两句化用陶渊明《归去来兮辞》"云无心以出岫"的意象，既增添了渔翁自在飘逸的生活情趣，也表达了对自得人生的向往。充满色彩和动感的山水以及渔翁的闲适高洁，无非是平衡凄苦而孤寂的心境而已。

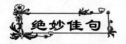

回看天际下中流，岩上无心云相逐。

作者简介

刘叉，唐元和时人。少任侠，因酒杀人，亡命，会赦出，更折节读书，能为歌诗。闻韩愈接天下士，步归之，作《冰柱》《雪车》诗。后以争语不能下宾客，因持（韩）愈金数斤去，归齐鲁，不知所终。其诗诗风峻怪，才气纵横，辞多悲慨不平之声，如刀剑相击，铿锵作响。

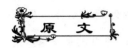

姚秀才爱予小剑因赠

一条古时水，向我手心流①。

临行泻赠君，勿薄②细碎仇。

①流：与前面"剑"的喻体"水"及后面的"泻"相照应，写出了赠友的小剑寒光逼人，霜刃似雪，锋利无比的特点。

②薄：迫近。此处有"报"的意思。

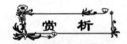

从题目可以看出，这是一首赠剑给友人时写的小诗。诗的独特处在于通篇以水比剑。一、二两句口语化很强却颇有诗味：诗人不直说这是一把古代传下的明晃晃的宝剑，而说成"一条古时水"；不直说宝剑"拿"在我手里，而是循着"水"的比喻拈出一个"流"字，说一条水向我手中流来，从而使得原来处于静态中的事物获得了一种富有诗意的动感。这种从对面着墨的写法，较之平铺直叙多了一层曲折，因而也就多了一种风趣。第三句还是循着以"水"比剑的基本构思炼字。剑既似"水"，所以不是一般的"奉赠""惠赠"，而是扣紧"水"字，选用了"泻赠"。我们仿佛看到了一条流动着的

109

诗中水

"水"，流到诗人手里，又泻入朋友掌中。如果直说成"我把剑送给你"，那就情韵全失，索然无味了。以上三句写赠剑，末句是在赠剑时的殷勤嘱咐。这一句是说不要为了私人的小仇小怨用这把剑去作无谓的争斗，弦外之音是应该用它来建立奇功殊勋。白居易在《李都尉古剑》诗中写道："愿快直士心，将断佞臣头；不愿报小怨，夜半刺私仇。劝君慎所用，无作神兵羞。"可以用来帮助理解末句没有明白说出的这一层意思。

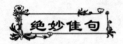

绝妙佳句

一条古时水，向我手心流。

作者简介

　　张祜(约公元 792—约 853 年),字承吉,清河(今属河北)人,工诗,令狐楚曾荐之于朝,性爱山水,隐居以终。与杜牧友善。多写津诗绝句,宗六朝乐府,善写宫怨之作。

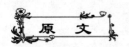

题金陵渡

金陵津渡小山楼^①，一宿行人自可愁。

潮落夜江斜月里，两三星火是瓜州^②。

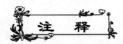

①金陵津渡：在今江苏镇江市附近。津渡，渡口。小山楼：建在金陵渡口的小楼。

②瓜州：在长江北岸，与镇江隔江相对。

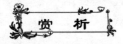

此为一幅江楼夜眺图。第一句写诗人寄居之处，为后文写景进行铺垫。第二句写寄居于小山楼的诗人整夜为愁绪困扰，行人就是旅人之意。三、四句写在小山楼眺望所见夜景，三句为近景，四句为远景，夜江月斜，瓜州星火，既写出了时间的流逝，也再现了黎明前的冷落，一种漂泊异乡的愁思已溢于字里行间。全篇笔势灵动，境界清幽。

潮落夜江斜月里，两三星火是瓜州。

文学常识丛书

作者简介

雍陶，生平不详，字国钧，成都（今属四川）人。大和三年（公元 829 年），南诏攻陷成都，播越羁旅，贫寒多病。大和八年（公元 834 年），入京应举，进士及第。曾以侍御佐充海幕。大中六年（公元 852 年），授国子毛诗博士。后出刺简州，复为雅州刺史。竟辞荣，闲居庐岳，养疴傲世。工于诗赋，为时所重。

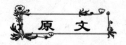

题 君 山^①

烟波不动影沉沉,碧色全无翠色^②深。

疑是水仙^③梳洗处,一螺青黛镜^④中心。

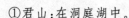

①君山:在洞庭湖中。

②碧色:指湖面波光。翠色:指君山的倒影。

③水仙:指湘水女神。相传舜妃娥皇、女英投湘水而死,化为神,称湘君。君山由此得名。

④一螺青黛:形容水中的君山倒影如同女子的青色螺髻。镜:指洞庭水面。

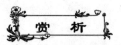

　　这首描绘洞庭君山的绝句,起笔很别致。诗人不是先正面写君山,而是从君山的倒影起笔。"烟波不动"写湖面风平浪静;"碧色全无翠色深",碧是湖色,翠是山色,凝视倒影,当然是只见翠山不见碧湖了。这两句以波平如镜的湖水,以浅碧与深翠色彩的对比,映衬出君山倒影的鲜明突出。这是一幅静谧的湖山倒影图。这种富有神秘色彩的宁静,很容易引发出诗

文学常识丛书

人的遐想。

　　三、四句笔锋一转,将湘君、湘夫人的神话传说,融合在湖山景物的描绘中。古代神话传说,舜妃湘君姊妹化为湘水女神而遨游于洞庭湖山之上。君山又名湘山,即得名于此。所以"疑是水仙梳洗处"这一句,在仿佛之间虚写一笔:洞庭君山大概是水中女仙居住梳洗的地方吧? 再以比拟的手法轻轻点出:"一螺青黛镜中间",这水中倒影的君山,多么像镜中女仙青色的螺髻。

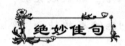

　　　　　　烟波不动影沉沉,碧色全无翠色深。

作者简介

　　杜牧(公元 803—852 年),字牧之,京兆万年(今陕西西安)人。唐朝太和进士,历官司勋员外郎、中书舍人等。喜谈政论兵,颇有抱负,其诗将留心世务的壮怀与伤春伤别的情思相结合,很具特色。同李商隐并称"小李杜"。

文学常识丛书

将赴吴兴登乐游原①

清时有味②是无能，闲爱孤云③静爱僧。

欲把一麾江海④去，乐游原上望昭陵⑤。

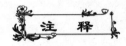

①吴兴：唐郡名，即今浙江省吴兴县，隋代改称湖州。乐游原：在长安城南，地势高敞，唐时为登览胜地，故址在今陕西省西安市南。

②清时：清平之时。味：指悠闲的兴味。

③闲爱孤云：闲适之时喜爱悠然飘浮的一片白云。

④把：持、握。麾：古代指挥用的旌旗，这里指出任地方官的符节。江海：指太湖，吴兴滨临太湖。

⑤昭陵：唐太宗的陵墓。

117

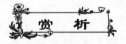

　　此为诗人离长安赴任湖州（在今浙江）刺史前夕往游乐游原之作。前两句以自嘲口吻言自己的情趣，所谓在清平时代爱孤云之闲、僧人之静是无能的表现，实是反语讥刺，已见诗人之玩世不恭。后两句言将离京外任，不禁对唐太宗的陵墓遥望注目。诗人特意提到所谓"贞观之治"的圣君，其缅怀盛世之思,生不逢时之感已寓于其间。全诗沉郁含蓄,有一唱三叹的情韵。

欲把一麾江海去,乐游原上望昭陵。

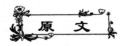

寄扬州韩绰判官

青山隐隐水迢迢^①，秋尽江南草木凋。
二十四桥明月夜，玉人^②何处教吹箫。

①迢迢：形容遥远。
②玉人：指韩绰，含赞美之意。

119

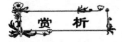

韩绰为诗人在扬州时的同僚，此诗写于诗人离开江南之后。前两句写景，选择秋尽时节，画出了江南山青水秀的特色。后两句写对韩绰的思念，月夜吹箫的询问，是以调笑的口吻展示友人的风流倜傥，并将才志难伸的感慨寄托其中。本篇空灵疏宕，清丽俊爽，耐人咀嚼。

二十四桥明月夜，玉人何处教吹箫。

秋 夕

银烛秋光冷画屏①,轻罗小扇扑流萤②。

天阶③夜色凉如水,卧看牵牛织女星④。

①画屏:画有图案的屏风。

②轻罗:柔软的丝织品。流萤:飞动的萤火虫。

③天阶:露天的石阶。

④牵牛织女星:两个星座的名字。

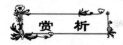

此写闺中少妇在秋夜的孤独生活和凄凉心情。第一句写闺室的昏暗和冷清;第二句写在庭院中扑流萤,生活的寂寞与无聊自见;第三句写夜已深,整个天空寒气袭人;尾句叙少妇返回闺房不能入睡,只能卧看被银河分开的牵牛织女二星。一、三两句的景色描写既是写幽冷的环境,也是写少妇凄凉的心情;二、四两句的动作描写,含蓄蕴藉,将少妇在孤寂无聊生活中的哀怨与期待寓于其间,很耐人寻味。

天阶夜色凉如水,卧看牵牛织女星。

诗中水

121

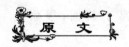

金 谷 园①

繁华事散逐香尘,流水无情草自春。

日暮东风怨啼鸟,落花犹似坠楼人②。

①金谷园:西晋豪富石崇的别墅,豪华侈丽,中唐以后渐废,故址在今河南洛阳西北。

②坠楼人:指石崇爱姬绿珠,石崇被诬受罪时,她坠楼而死。

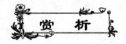

此为诗人于春末路过金谷园,即景生情所写的咏春吊古之作。前两句描写名园废败,水流草长,已寓入吊古伤今的无限感慨;后两句描写日暮啼鸟,风吹花飞,并联想到绿珠的悲剧,透露出不能主宰自我命运的迷惘与感伤。全诗句句写景,句句言情,情景相生,引人遐思。

繁华事散逐香尘,流水无情草自春。

作者简介

薛逢，字陶臣，蒲州河东（今山西永济）人。唐武宗会昌进士，授万年尉，累官至秘书监。诗有豪逸之态，因不甚苦思，故未免浅露之病。

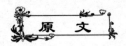

宫 词

十二楼①中尽晓妆,望仙楼上望君王。

锁衔金兽连环冷,水滴铜龙②昼漏长。

云鬓罢梳还对镜,罗衣欲换更添香。

遥窥正殿帘开处,袍袴宫人③扫御床。

文学常识丛书

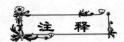注 释

①十二楼:本指仙人居处,此指宫妃住所。

②铜龙:饰以龙形的计时铜壶。

③袍袴宫人:穿短袍绣裤的宫女。

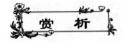赏 析

　　此为以宫廷生活为题材之作。这类用"宫词"作题目的诗作大约兴盛于王建著《宫词》百首之后。前四句写宫女凄凉愁闷的幽闭生活,盼望君王降临如同望仙一般艰难;后四句进一步通过对宫女梳妆换衣动

作以及所闻所见的描写,刻画宫女由希望变为失望的心理过程。全诗无一怨字,但怨恨之情则表现得特别强烈鲜明。

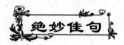

锁衔金兽连环冷,水滴铜龙昼漏长。

作者简介

温庭筠(公元812—约870年),本名岐,字飞卿,今山西祁县人。文思敏捷,精通音律。每入试,押官韵,八叉手而成八韵,时号"温八叉"。仕途不得意,官止国子助教。诗辞藻华丽,少数作品对时政有所反映。与李商隐齐名,并称"温李"。亦作词,其词多写花间月下、闺情绮怨,形成了以绮艳香软为特征的花间词风,被称为"花间派"鼻祖,对五代以后词的大发展起了很强的推动作用。

文学常识丛书

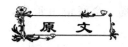

利州①南渡

澹然空水带斜晖，曲岛苍茫接翠微②。

波上马嘶看棹去，柳边人歇待船归。

数丛沙草群鸥散，万顷江田一鹭飞。

谁解乘舟寻范蠡③，五湖烟水独忘机④。

诗中水

127

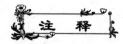

①利州：在今四川广元。

②翠微：指山坡。

③范蠡：春秋楚人，为越国大夫，助勾践灭吴后，弃官泛舟五湖。

④五湖：太湖别称五湖，在今江苏。忘机：忘去世俗的奸诈之心。

赏析

　　此为诗人入蜀时所作，描述在利州南渡嘉陵江的情景。首联泛写江上暮色，呈现出荒凉意绪；二联写江边待渡，上句写望渡船过江，下句写待渡的人；三联写渡江，远景近景交相辉映，十分生动传神；尾联由渡船而联想到功成身退的范蠡,流露出倦于游宦的感慨。全诗情由景生,抒写了羁旅行役之感。

绝妙佳句

数丛沙草群鸥散,万顷江田一鹭飞。

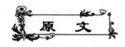

诗中水

苏武①庙

苏武魂销汉使前,古祠高树两茫然。

云边雁断胡②天月,陇③上羊归塞草烟。

回日楼台非甲帐④,去时冠剑是丁年⑤。

茂陵⑥不见封侯印,空向秋波哭逝川⑦。

注 释

①苏武:汉武帝时出使匈奴被扣多年,坚贞不屈,汉昭帝时始被迎归。

②雁断:指苏武被羁留匈奴后与汉廷音讯隔绝。胡:指匈奴。

③陇:陇关。这里以陇关之外喻匈奴地。

④甲帐:据《汉武故事》记载,武帝以琉璃珠玉、天下奇珍为甲帐,次第为乙帐。甲以居神,乙以自居。

⑤冠剑:指出使时的装束。丁年:壮年。唐朝规定21至59岁为丁。

⑥茂陵:汉武帝陵。指苏武归汉时武帝已死。

⑦逝川:喻逝去的时间。语出《论语·子罕》:"子在川上,曰:逝者如斯夫。"这里指往事。

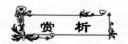

赏 析

这是一首咏史诗,大概是诗人瞻仰苏武庙而作。

诗以苏武"魂销汉使"开端,用祠庙、高树茫然无知映衬出苏武忠贞不屈的情操。

第二联用音书断绝、北海牧羊正面描述苏武被扣的经历,流露出敬仰之情。

第三联以先写归国、后写出使的"逆挽法",概括苏武 19 年的漫长拘押生活,诗人关于人事变迁的慨叹已溢于字里行间。

结尾以武帝看不见苏武生还,而苏武只能徒然自伤的设想之笔,将史实推开,给读者留下了广阔的联想空间,在颂赞苏武的气节中也熔入人事沧桑、世途坎坷的喟叹。

茂陵不见封侯印,空向秋波哭逝川。

文学常识丛书

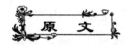
过分水岭①

溪水无情似有情,入山三日得同行②。
岭头便是分头③处,惜别潺湲一夜声。

注释

①分水岭:大约是今陕西略阳县东南,在唐代是著名的交通要道,故一般称分水岭而不必冠以所在地。

②同行:指诗人与溪水同行。

③分头:指诗人与溪水分头。

赏析

这首诗的题目是"过分水岭",实际上写的是在过分水岭的行程中与溪水的一段因缘,以及由此引起的诗意感受。

首句就从溪水写起。溪水是没有感情的自然物,但眼前这条溪水,却又似乎有情。在这里,"无情"是用来引出"有情"、突出"有情"的。"有情"二字,是此诗的眼目,下面三句都是围绕着它来具体描写的。"似"字用得恰到好处,它暗透出这只是诗人时或浮现的一种主观感觉。这一句在点出"有情"的同时,也就设置了悬念,引导读者去注意下面的解答。

第二句叙事,暗点溪水"似有情"的原因。因为山深,所以"入山三日"方能到达岭头。山路蜿蜒曲折,缘溪而行,故而行旅者感到这溪水一直在自己侧畔同行。其实,入山是向上行,而水流总是向下,溪流的方向和行人的方向并不相同,但溪水虽不断向相反方向流逝,而其潺湲声却一路伴随。因为深山空寂无人,旅途孤子无伴,这一路和旅人相伴的溪水便变得特别亲切,仿佛是有意不离左右,以它的清澈面影、流动身姿和清脆声韵来慰藉旅人的寂寞。

　　"岭头便是分头处,惜别潺湲一夜声。"在"入山三日",相伴相依的旅程中,"溪水有情"之感不免与日俱增,因此当登上岭头,就要和溪水分头而行的时候,心中便不由自主地涌起依依惜别之情。在这里,诗人巧妙地利用了分水岭的自然特点,由"岭头"引出旅人与溪水的"分头",又由"分头"引出"惜别",因惜别而如此体会溪声。联想的丰富曲折和表达的自然平易,达到了和谐的统一。

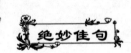

　　　　　岭头便是分头处,惜别潺湲一夜声。

作者简介

李商隐(约公元 813—约 858 年),唐代诗人。字义山,号玉溪生,又号樊南子。原籍怀州河内(今河南沁阳),祖辈迁荥阳(今属河南)。初学古文。受牛党令狐楚赏识,入其幕府,并从学骈文。开成二年(公元 837 年),以令狐之力中进士。次年入属李党的泾原节度使王茂元幕府,王爱其才,以女妻之。因此受牛党排挤,辗转于各藩镇幕府,终身不得志。李商隐诗现存约 600 首。

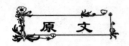

曲 江①

望断平时翠辇过②,空闻子夜鬼悲歌③。

金舆④不返倾城色,玉殿犹分下苑波。

死忆华亭闻唳鹤,老忧王室泣铜驼。

天荒地变心虽折,若比伤春意未多。

①曲江:曾是唐代长安最大的名胜风景区。

②平时翠辇过:指事变前唐文宗车驾出游曲江的情景。

③子夜鬼悲歌:指事变后曲江的景象。

④舆:车辆,尤指马车。

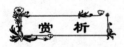

曲江的兴废,和唐王朝的盛衰密切相关。面对甘露之变后荒凉的曲江,李商隐心中自不免产生和杜甫类似的感慨。

一、二句渲染曲江的荒凉景象:放眼极望,平时皇帝车驾临幸的盛况再也看不到了,只能在夜半时听到冤鬼的悲歌声。这里所蕴含的并不是吊古伤今的历史感慨,而是深沉的现实政治感叹。

三、四句承"望断"句，说先前乘金舆陪同皇帝游赏的美丽宫妃已不再来，只有曲江流水依然在寂静中流向玉殿旁的御沟。这里寓有升平不返的深沉感慨。后两联的"荆棘铜驼"之悲和"伤春"之感都从此生出。

　　第五句承"空闻"句。西晋陆机因被宦官所谮而受诛，临死前悲叹道："华亭（陆机故宅旁谷名）鹤唳，岂可复闻乎？"这里用以暗示甘露事变期间大批朝臣惨遭宦官杀戮的事情，回应次句"鬼悲歌"。第六句承"望断"句与颔联。西晋灭亡前，书法家索靖预见到天下将乱，指着洛阳宫门前的铜驼叹息道："会见汝在荆棘中耳！"这里借以抒写对唐王朝国运将倾的忧虑。这两个典故都用得非常精切，不仅使不便明言的情事得到既微而显的表达，而且加强了全诗的悲剧气氛。

　　最后两句是全篇结穴。在诗人看来，甘露之变尽管令人心擅，但更令人伤痛的却是国家所面临的衰颓没落的命运。痛定思痛之际，诗人没有把目光局限在甘露之变这一事件本身，而是敏锐地觉察到历史的趋势。这正是本篇思想内容深刻的地方。

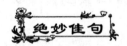

金舆不返倾城色，玉殿犹分下苑波。

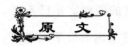

嫦 娥

云母屏风烛影深①,长河②渐落晓星沉。

嫦娥应悔偷灵药,碧海青天夜夜心③。

①深:暗。

②长河:银河。

③碧海青天:指嫦娥的枯燥生活,只能见到碧色的海,深蓝色的天。夜夜心:指嫦娥每晚都会感到孤单。

嫦娥是神话人物,据说她是后羿的妻子,因偷吃了不死药,飞入月宫成了仙子。此诗借传说以咏怀。前两句写处于深闺的一位女子的孤寂,烛影暗淡,银河隐去,长夜难眠;后两句为望月兴感。女子由自己的孤寂推想到嫦娥的孤寂,于奇思妙想中显现出难于排遣的凄凉心情。此诗由闺妇的独守空房而联想到孤眠无伴的嫦娥,一仙一凡,灵犀暗通,不只写出相思离愁,实也是清高文士寥落的身世之感的写照。言简意丰,发人联想。

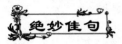

云母屏风烛影深,长河渐落晓星沉。

诗中水

137

作者简介

　　湘驿女子，其真实姓名、身世已不可考，只能从她留下的诗句中，窥见其生活的片断和诗才之一斑。

文学常识丛书

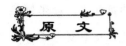

题玉泉溪

红树^①醉秋色,碧溪^②弹夜弦。

佳期不可再,风雨杳如年。

①红树:指红枫树。

②碧溪:碧蓝澄澈的溪水。

139

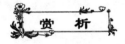
　　这首诗写的是一个失恋女子心灵上的痛苦。内容丰富,感情真挚,读来余韵袅袅,饶有情趣。

　　第一句描绘出一幅枫叶烂漫、秋色正浓的画面。那优美的景色,宜人的气候,令人心醉神驰。第二句中的"碧"是一个颜色字。在一般的夜晚,是不能分辨水色的;只有凭借天空的明月,身临溪畔的人才可能辨得真切。"弹"字也很妙。它不仅写出溪流音乐般的诗韵,而且把一个万籁俱寂的夜色,烘托得更加幽深。诗中虽未写月,却自有一轮明月朗照;未写人,却有一位少女的倩影徘徊于溪畔;未写情,却有一缕悲凄的情丝,从"夜弦"的曲调中轻轻流出,情韵萦绕,优美动人。

诗中水

"佳期不可再"陡然一转,把这位女子内心的秘密和盘托出。原来她是位失恋的女子,曾有过甜美的爱情,而现在,"佳期"却一去不复返了。可是,这位多情女子却依然在枫叶如醉、碧溪夜月中,徘徊着、回忆着、等待着。当这位满怀希望的女子彻底失望时,她的生活又将如何呢?答案是"风雨杳如年"。未来的日子是渺茫、悲凉、凄楚的,她只能度日如年。充分展现了这位失恋女子的真挚感情。

绝妙佳句

红树醉秋色,碧溪弹夜弦。

作者简介

诗中水

李群玉,唐代诗人,澧州(今湖南澧县)人,字文山。工书法,好吹笙。举进士不第。后因献诗于朝,授弘文馆校书郎。不久,辞官回乡。有《李群玉诗集》。

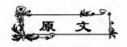

引 水 行①

一条寒玉②走秋泉，引出深萝洞口烟③。

十里暗流④声不断，行人头上过潺湲⑤。

①行：古代诗歌的一种体裁，也称歌、歌行，由古乐府发展而来。

②寒玉：指竹筒。比喻引水的竹筒青翠如寒玉。

③"引出"句：泉水从藤萝掩盖着的洞口引出，把如烟的水雾也带出来了。

④暗流：指水在竹筒中流动。

⑤行人头上：因竹筒架在高处，所以水声在头上。潺湲：流水声。

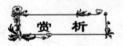

这首诗描写的是南方山区特有的富有诗意的风光，给人耳目一新的感觉。

一、二两句写竹筒引泉出洞。一条寒玉，是对引水竹筒的生动比喻，形容竹筒的碧绿光洁。玉是固体，泉却是流动的，"寒玉走秋泉"，仿佛不可能。但是这条"寒玉"竟是中空贯通的。所以"寒玉走秋泉"的比喻本身，就

142

蕴含着诗人发现竹筒引水奥秘的欣喜之情。"引出深萝洞口烟"是说泉水被竹筒从幽深的泉洞中引出。按通常顺序,应先写深萝泉洞,再写竹筒流泉,现在倒过来写,是由于诗人先发现竹筒流泉,其声淙淙,然后才按迹循踪,发现它来自幽深的岩洞。这样写将收到先声夺人的艺术效果。

　　竹筒引水,一般都是顺着山势,沿着山路,由高而低,蜿蜒而下。诗人的行程和竹筒的走向一样,都是由山上向山下,所以多数情况下都和连绵不断的竹筒相伴而行,故说"十里暗流声不断"。有时山路折入两山峡谷之间,而渡槽则凌空跨越,这就成了"行人头上过潺湲"。这两句充满诗的情趣的生动描写。写出了山行者和引水竹筒之间亲切的关系。十里山行,竹筒蜿蜒,泉流不断,似是有意与行人相伴。行人在寂寥的深山中赶路,邂逅如此良伴,该会平添多少兴味!

绝妙佳句

143

十里暗流声不断,行人头上过潺湲。

作者简介

皮日休,唐代文学家。字袭美,一字逸少。居鹿门山,自号鹿门子,又号间气布衣、醉吟先生。襄阳(今属湖北)人。

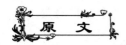

汴河①怀古(其二)

尽道隋亡为此河,至今千里赖通波。
若无水殿龙舟②事,共禹论功不较多?

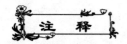
①汴河:大运河。

②水殿龙舟:隋炀帝率众出游乘坐的船。

赏 析

　　诗人生活的时代,政治腐朽,已走上亡隋的老路,对于历史的鉴戒,一般人的感觉已很迟钝了,而这里却有意重提隋亡的教训,是寓有深意的。

　　一、二句是说:很多追究隋朝灭亡原因的人都归咎于运河,视为一大祸根,然而大运河的开凿使南北交通显著改善,对经济联系与政治统一有莫大好处,历史作用深远。这样一反众口一辞的论调,使人耳目一新。这就是唐人咏史怀古诗常用的"翻案法"。翻案法可以使议论新奇,发人所未发,但要做到不悖情理,却是不容易的。

　　第三句是说当年隋炀帝率众出游的事。当年运河竣工后,隋炀帝率众20万出游,自己乘坐高达4层的"龙舟",还有高3层、称为浮景的"水殿"9艘,此外杂船无数。船只相衔长达300余里,仅挽大船的人几近万数,均着彩服,水陆照耀,其奢侈糜费实为史所罕闻。作者对隋炀帝的憎恶是十分明显的,然而他并不直说,而是在第四句中有自己的看法。

第四句用反诘句式来强调:论起功绩来,隋炀帝开河不比大禹治水更多些吗?这简直荒谬离奇,但由于诗人的评论,是以"若无水殿龙舟事"为前提的。仅就水利工程造福后世而言,两者确有可比之处。然而"若无"这个假设条件事实上是不存在的,极尽"水殿龙舟"之侈的隋炀帝终究不能同躬身治水、"三过家门而不入"的大禹相与论功,流芳千古。故作者虽用了翻案法,实际上只为大运河洗刷不实的"罪名",而隋炀帝的罪反倒更加重了。这种欲夺故予手法的运用,比一般正面抒发效果更好。

绝妙佳句

尽道隋亡为此河,至今千里赖通波。

文学常识丛书

作者简介

　　张乔，池州（今安徽贵池）人，懿宗咸通进士，黄巢起义后隐居九华山。同许棠、喻坦之等号为"咸通十哲"，俱以好诗闻名。诗作善于写景。

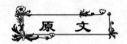

书 边 事

调角断清秋,征人倚戍楼。

春风对青冢①,白日落梁州②。

大漠无兵阻,穷边有客游。

蕃③情似此水,长愿向南流。

①青冢:指王昭君墓。

②梁州:此指凉州,在今甘肃,是唐时的边地。

③蕃:吐蕃。

文学常识丛书

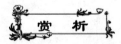

　　此为边塞诗。首联写边境无战事,已听不见号角之声;次联写戍楼纵目远望,春风白日,边境安宁;三联写边塞往来无阻;尾联写吐蕃人民如流水一样心向唐朝。全篇写民族和睦,边塞呈现出升平景象。这种内容在边塞诗中少见,令人耳目一新。

全诗抒写诗人在边关的所见、所闻、所感,意境高阔而深远;气韵直贯而又有抑扬顿挫;运笔如高山流水,奔腾直下,而又回旋跌宕。

蕃情似此水,长愿向南流。

诗中水

149

作者简介

　　陆龟蒙(? 一约881年),唐代的著名诗人、文学家,字鲁望,苏州长洲(今江苏苏州)人。举进士不第,曾任苏、湖二郡从事。后隐居松江甫里,自号江湖散人、天随子、甫里先生。

新 沙^①

渤澥声中涨小堤^②,官家知后海鸥知。

蓬莱有路教人到,应亦年年税紫芝^③。

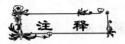

①新沙:新淤起的沙洲。

②渤澥:古时对海的别称。声:指海涛声。涨:这里是增高、突起的意思。小堤:这里指海中突起的沙洲。

③紫芝:神话传说中的紫色的灵芝草。

这首诗反映的是封建官府对农民的赋税剥削问题,但取材和表现手法都不落窠臼。选取了渤海边上新淤积起来的一片沙荒地作为描写对象。

第一句描绘了一片沙荒地的形成。这短短几个字,反映的是一个长期、缓慢而不易察觉的大自然的变化过程。这里的慢,与下句的快;这里的难以察觉,与下句的纤毫必悉,形成了鲜明的对照,使诗的讽刺意味特别强烈。

第二句是说:海鸥一直在大海上飞翔盘旋,对海边的情况是最熟悉的;

这片新沙的最早发现者照理说必定是海鸥。然而海鸥的眼睛却敌不过贪婪地注视着一切剥削机会的"官家",他们竟抢在海鸥前面盯住了这片新沙。这当然是极度的夸张,这夸张既匪夷所思,却又那样合乎情理。因为它深刻地揭露了官家的本质!

蓬莱仙境,传说有紫色的灵芝,服之可以长生。在常人眼里,蓬莱是神仙乐园,不受尘世一切约束,包括赋税的苛扰,那里的紫芝,自然也可任凭仙家享用,无须纳税。但在诗人看来,这些都不过是天真的幻想。蓬莱仙境之所以还没有税吏的足迹,仅仅是由于烟涛微茫,仙凡路隔;如果有路让人可到,那么官家想必也要年年去收那里的紫芝税呢。这种假设推想中包含着官家搜刮的触须无处不到这样一个历史事实。

这首诗采用高度的夸张的手法,对现实进行了尖刻的讽刺,而且话说得轻松、平淡,仿佛事情本就如此,毫不足怪。这种表达方式不但丝毫没有减弱它的艺术力量,相反地,使人们分外觉得讽刺的深刻与冷峻。

绝妙佳句

蓬莱有路教人到,应亦年年税紫芝。

文学常识丛书

作者简介

　　崔道融,生卒年待考。唐代诗人。自号东瓯散人。荆州江陵人。乾宁二年(公元 895 年)前后任永嘉县令,后入朝为右补阙,不久因避战乱入闽。擅长作诗,与司空图、方干结为诗友。存诗80 首,皆为绝句。其中一些作品较有社会意义。

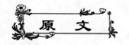

西 施 滩①

宰嚭②亡吴国，西施陷恶名。

浣③纱春水急，似有不平声。

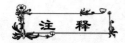

①西施滩：西施是春秋时代的越国人，家住浙江诸暨县南的苎罗山。苎罗山下临浣江，江中有浣纱石，传说西施常在此浣纱，西施滩因此得名。

②宰嚭：吴国太宰嚭。

③浣：是指洗衣服或是将染过的布拿到河边漂洗。

这是一首针对"女人祸水"这一传统观念为西施翻案的诗。立意新颖，议论形象，富有感情。

一、二两句平平道来，旨在澄清史实。一个"陷"字用得十分精当，推翻了"女人祸水"论，把颠倒了的史实再颠倒过来。诗人在为西施辩诬之后，很自然地将笔锋转到了西施滩，用抒情的笔触，描写了西施滩春日的情景。春天到了，江河水涨，西施当年浣纱的滩头那哗哗的江水急促奔流，好像在为她蒙上一层历史的污垢发出如泣如诉的声音，诉说着世事的不平。但春

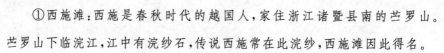

文学常识丛书

水毕竟不具有人的思想感情,这一切只能是诗人的想象,所以第四句很快补上:"似有不平声。"这"似有"二字,选用得非常得体,真切自然,寄寓着作者深沉的慨叹,把议论和抒情有机地结合在一起。

浣纱春水急,似有不平声。

诗中水

作者简介

　　杜荀鹤(公元 846—904 年),唐代诗人。字彦之,号九华山人。池州石埭(今安徽石台)人。事迹见孙光宪《北梦琐言》、何光远《鉴诫录》《旧五代史·梁书》本传、《唐诗纪事》和《唐才子传》。

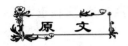

诗中水

溪 兴

山雨溪风卷钓丝,瓦瓯①篷底独斟时。

醉来睡着无人唤,流到前溪也不知。

①瓦瓯:劣质的瓦罐儿,暗示出它的主人境遇的寒苦。

　　这是一首描写隐逸生活的即兴小诗。诗人身处暗世,壮志难酬,老来奔走无门,回到家乡九华山,过着清苦的隐逸生活。诗中所描写的这个遗身世外的溪上人,当是诗人的自我写照。诗中这样描写到:在一条寂静的深山小溪上,有一只小船,船上有一个垂钓的人。风雨迷茫,他卷起钓丝,走进篷底,取出盛酒的瓦罐,对着风雨自斟自饮;直饮到烂醉,睡着了;小舟任风推浪涌,待醒来时,才发觉船儿已从后溪飘流到前溪了。

　　这首诗似乎是在描写这个人任其自然,随遇而安,闲适的快乐。然而,这种闲适自乐的背后,却似乎隐藏着溪上人内心的无可奈何的情绪。深山僻水,风风雨雨,气氛是凄清的。那垂钓者形单影只,百无聊赖,以酒为伴。

"醉来睡着无人唤",让小舟在山溪中任意漂流,看来潇洒旷达,实在也太孤寂,有点看透世情、游戏人生的意味。

　　　　醉来睡着无人唤,流到前溪也不知。

作者简介

　　范仲淹(公元 989—1052 年),字希文,苏州吴县(今江苏苏州)人,北宋政治家、思想家、军事家和文学家。

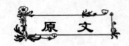

江上渔者

江上往来人,但爱鲈鱼美^①。

君看一叶舟^②,出没风波里。

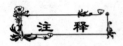

①但:只。鲈鱼:产于长江中下游。美:味道鲜美。

②一叶舟:形容船很小,像一片浮叶。

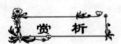

文学常识丛书

　　这是一首纪事诗,意思是说,江边来来往往的行人,只知道喜欢吃味美的鲈鱼,却不知道渔民是冒着风流去捕捞的,随时都有生命的危险。后两句的意思作者没有明说,而是令"江上往来人"去看捕鱼的险景。看到一叶小舟颠簸在大风浪里,一会儿被送上浪峰,一会儿又陷入波谷的惊险场面,自然会懂得"吃鱼容易,捕鱼难"的道理。前因后果十分清楚,可见诗人思维活动多么符合逻辑性!

君看一叶舟,出没风波里。

作者简介

　　曾公亮(公元 999 年—1078 年),字明仲,号乐正,晋江(今福建泉州)人,宋仁宗天圣二年(1024 年)进士,善政事、军事,为北宋名臣,曾举荐王安石一同担任宰相。

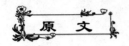

宿甘露僧舍①

枕中云气千峰近,床底松声万壑②哀。

要看银山拍天浪③,开窗放入大江来。

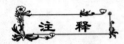

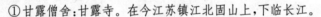

①甘露僧舍:甘露寺。在今江苏镇江北固山上,下临长江。

②松声万壑:形容长江的波涛声像万壑松声一样。壑,山沟。

③银山拍天浪:形容波浪很大,像银山一样。

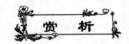

这首诗是作者旅宿甘露寺的感怀之作。

一、二两句在夸张、幻想的笔法中融进诗人的主观感受,写出了北固山的高峻地势和甘露寺远离红尘的清肃。山顶云气绕寺而飞,疑为从僧房中诗人所倚的枕中所出,触目皆是,伸手可及,令人有将千万山峰揽入胸怀的感觉;松涛在深谷中呼啸升起,细听仿佛就在床底下席卷而过,其声呜咽,令人心颤。可以想象,诗人高居北固山顶,看云气缭绕身旁,千峰仿佛前来亲近,听脚下松涛卷过,万壑似乎低首哀鸣,胸中升起的是一种何等雄迈俊爽的感觉。

三、四两句采取以小见大的写法，即以一扇小窗的开启写出长江的宏伟气势，同时又以"放入"一词将大江的排山倒海之势（大）与一窗的涛声顿起（小）巧妙结合起来，这一开窗赏江听涛的行为在"放入"的主体意志熔铸中转化为一种主动拥抱长江的豪情壮举。此时的"开窗"实际上是诗人的开怀，因为只有具备装得下大江大海的豪迈胸襟与浩然心胸的人才会有如此宏大气魄的诗情。

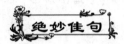

要看银山拍天浪，开窗放入大江来。

作者简介

陈师道(1053—1102年),字无己,一字履常,号后山居士,北宋诗人,深得苏东坡的赏识。他以苦吟著名,语言和技巧功夫很深;后期写诗专心学习杜甫,表现了对国家对人民的关心。

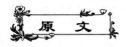

十七日观潮①

漫漫平沙走②白虹，瑶台③失手玉杯空。

晴天摇动清江底，晚日浮沉急浪中。

①十七日观潮：农历八月十七日观看钱塘江大潮。

②走：在古代汉语中表示跑的意思。

③瑶台：传说是神仙居住的地方。

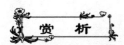
每年农历八月十六到十八日钱塘江大潮水势最猛，诗人观潮选在十七这一天，正是为了欣赏那雄伟奇丽的壮观。

"漫漫平沙走白虹，瑶台失手玉杯空"两句写潮水汹涌而来的气势。潮头的浪花掠过两岸平旷的沙滩，像一道白色的长虹迎面飞来。看到这情景，诗人脑海中忽然生出一个奇妙的想象：莫非瑶台上的神仙失手碰翻酒杯，将那琼浆玉液泼洒到人间来了吗？

"晴天摇动清江底，晚日浮沉急浪中"两句写大潮的波澜壮阔。近看潮水，蓝天的倒影随着浪涛的翻滚，在江底不停地摇晃；远望西天，落日随浪涛的起伏,忽而上升,忽而下沉。这景象,要用"吞天吐日"来形容,是一点也不夸张的。

这首诗通过白色长虹的比喻,瑶台泼酒的幻想,借助晴天和晚日的烘托,描绘出钱塘江大潮的壮丽景色。全篇没有用到一个抒情的字眼,却句句触发人们热爱祖国山川、热爱大自然的激情。

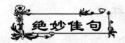

绝妙佳句

晴天摇动清江底,晚日浮沉急浪中。

文学常识丛书

作者简介

朱熹(1130—1200年),字元晦,一字仲晦,婺源(今属江西)人。绍兴十八年(1148年)进士,任同安主簿。淳熙时,曾知南康军,提举浙东茶监公事,光宗时,知漳州,入为秘阁修撰。宁宗初,官焕章阁待制。后被人攻击为伪学,落职致仕。所著《晦庵先生文集》100卷,今存。

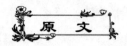

观书有感

半亩方塘一鉴①开,天光云影共徘徊②。

问渠那得清如许③,为有源头活水来。

①方塘:又称半亩塘,在福建尤溪城南郑义斋馆舍(后为南溪书院)内。朱熹父松与郑交好,故尝有《蝶恋花·醉宿郑氏别墅》词云:"清晓方塘开一境。落絮如飞,肯向春风定。"鉴:镜。古人以铜为镜,包以镜袱,用时打开。

②这句是说天的光和云的影反映在塘水之中,不停地变动,犹如人在徘徊。

③渠:他,指方塘。那得:怎么会。如许:这样。

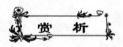

这首哲理小诗以象征的手法,将读书后那种豁然开朗的感觉具体形象加以描绘,让读者自己去领略其中的奥妙。

"半亩方塘一鉴开"句写的是明丽清新的一派田园风光:半亩的一块小水塘,在朱熹笔下是展开的一面镜子,起笔就恬静而幽雅得让人立时展开了想象的翅膀。反复读上几遍,会觉得愈读愈爱读!

"天光云影共徘徊"这句更能引起读者的遐想。这面"镜子"中映照着天上徘徊的云影,可想那清澈的水面那么静谧可爱了!

　　作者在第三句提了个问题,这水为什么如此清澈呢?他高兴地自问自答道,因为源头总有活水补充,一直不停地流下来。

　　　　　　问渠那得清如许,为有源头活水来。

诗中水

169

作者简介

康有为(1858—1927年),字祖诒,号长素,清末政治家,"戊戌变法"的倡导者。

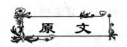
过 虎 门①

粤海重关二虎②尊,万龙争斗事何存?

至今遣垒③余残石,白浪如山过虎门。

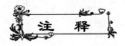
①虎门:在广东省珠江入海处,海防要塞。

②粤海:广东省海防前线。二虎:虎门东有大虎山,西有小虎山,如二虎守门。

③遣垒:指废弃的虎门炮台。

这首诗作于诗人从香港回广州途中。船行经虎门,诗人不禁慨然兴叹,吟诗抒怀。

一、二两句,分别用虎和龙来作比喻,赞美虎门要塞形势的雄壮险要,展现虎门激战的声势和爱国将士的风采,非常富有民族特色。

第三句说,虎门之战已经成为历史,战争的遗迹却未消失,林则徐当年在山上增筑的炮台,虽被英军炸毁拆除,但那一处处旧址不是仍有断壁残石留给后人凭吊吗?

末句既是写景又是抒情。从写景来看，它以雪山般的白浪渲染虎门惊心动魄的壮观；从抒情来说，它烘托着诗人过虎门时那汹涌澎湃的心潮。

绝妙佳句

至今遣垒余残石，白浪如山过虎门。